# 我们在樟树林里相遇

薛永钧　著

远方出版社

**图书在版编目（CIP）数据**

我们在樟树林里相遇 / 薛永钧著. -- 呼和浩特 ： 远方出版社，
2024.4
ISBN 978-7-5555-2012-2

Ⅰ. ①我… Ⅱ. ①薛… Ⅲ. ①长篇小说－中国－当代
Ⅳ. ①I247.5

中国国家版本馆 CIP 数据核字（2024）第 028079 号

# 我们在樟树林里相遇
## WOMEN ZAI ZHANGSHULIN LI XIANGYU

| | | |
|---|---|---|
| 著　　者 | 薛永钧 | |
| 责任编辑 | 李嘉麟 | |
| 出版发行 | 远方出版社 | |
| 社　　址 | 呼和浩特市乌兰察布东路 666 号　　邮编 010010 | |
| 电　　话 | （0471）2236473 总编室　2236460 发行部 | |
| 经　　销 | 新华书店 | |
| 印　　刷 | 三河市双升印务有限公司 | |
| 开　　本 | 880 毫米×1230 毫米　1/32 | |
| 字　　数 | 190 千 | |
| 印　　张 | 9.125 | |
| 版　　次 | 2024 年 4 月第 1 版 | |
| 印　　次 | 2024 年 4 月第 1 次印刷 | |
| 标准书号 | ISBN 978-7-5555-2012-2 | |
| 定　　价 | 58.00 元 | |

如发现印装质量问题，请与出版社联系调换

# 目 录

# 第一章　故事从遇见她开始

即使过去了十余年，我依然清晰地记得当时的场景，我与她的故事，就是从那时开始的。

当时，我是山城大学一名大二的学生，来自农村，在以刚过线的分数侥幸进入这所大学之后，就混混沌沌地度过了大一生活。我常常在宿舍到教学楼、图书馆、食堂这几条路线上彷徨着，不知道是寻找内心的那份安宁，还是渴望什么，直到那个冬日遇到她，我才明白。

整个冬天，山城的雾雨弥漫在城市的每一个角落，早晨就像黄昏，黄昏就像早晨，白天和黑夜的区别就是人们在睡觉和不在睡觉。

校园里的梧桐树落光了叶子，但是枝条仍然等着下一个春天的来临。山坡上的很多树都不落叶子，都在雾雨中静静地站立着，雨大一点，这些树就发出唑唑的声音。

荟文楼四楼的一间教室里，我们沉浸在白炽灯牛奶一样的光线里。

从早到晚，我们在一排排的课桌前坐着，讲台上老师在滔滔不绝地讲着课，讲课的内容就像教室外面无声的雨一样，虽然感觉不到它，但是它确实在我们的身边存在着。下课铃一响，班长一声"起立"，在一阵桌椅相碰的响声后，我们都站起来，在牛奶一样的灯光里摇晃着往外走。也有很多人站了一下，马上又趴在桌子上打盹儿，或者三三两两地站在一起聊天。

教室里的光线亮一些，教室外面的光线就暗一些。雨下得大一点，雨的声音就会落在楼下面的樟树上沙沙作响。

外面的光线亮一些，教室里的光线就暗一些。雨下得小一些，雾也就淡一些，一层层的白炽灯的光就微弱一些。

坐在四楼望着窗外矗立的荟文楼，墙壁上面是白色的，下面是红色的，红色的白色的墙壁上一扇扇窗户凹凸有致。

下课后我从昏暗的楼道上到五楼，走上连着前面一幢教学楼的天桥，在天桥上面能清楚地看到对面教学楼教室里的情景。

里面靠窗的位置坐着一个穿着黄色衣服的女孩，这个女孩比我低一个年级，之前我见过她。

这学期开学的时候我从女生宿舍前路过，刚走到女生宿舍门口时，一辆小车停在了我的身边，从车上下来一个女孩，这个女孩挡住我问："请问一下，这里是不是女生宿舍第四号楼？"原来她是一年级的新生，刚来报到。我说是的。那女孩浅浅地向我笑了一下，就伸手到车里去搬东西。女孩齐肩的头发，圆圆的脸，一双大眼睛。

不久之后的一个周六下午，我在学术厅用书包占了座位，离讲座开始还有半小时，我出来想到报栏前看报纸。山城十月下午的金黄色阳光使人的心和身体一样温暖。我往报栏的方向走了几步，突然被草坪上的人吸引住了。在我前面的草坪上坐着一个穿着白衣服的女孩，她披着齐肩的长发，耳朵里塞着耳机，手里捧着一本书静静地看着。她就是刚开学时向我询问女生宿舍在哪的那个女孩。那次见面之后，不知怎么回事，我的脑海里总是浮现她的影子，她的笑脸，她的秀发。此时，她就在我的眼前，在校园的绿草坪上，在十月金黄色的阳光里，戴着耳机，看着书。

我站在报栏旁静静地看着她，犹如看一道最美的风景。但是，我还是不能鼓起勇气走过去，像电影里面的男主角见到女主角那样，潇洒地站在她面前问她的名字，问她是否可以坐下来陪她聊天。我没有这样做，在感情上，我还是一片空白，虽然我看过不少爱情剧，读过不少爱情小说，也在宿舍里听同学吹牛如何搭讪女孩子。但是，我还没有这个勇气。

后来，我也埋怨自己，那天我就该上去和她说几句话，也许说几句话我们就从此认识了，认识后我的心情一定就像那天的阳光一样温暖，像那草坪一样美好。

但是，那天我站在那里，只远远看着她，直到讲座快开始了，我才离开。虽然，我的学习成绩一般，但是我的求知欲却很强。那个讲座是一位资深老教授主讲，我担心自己进去迟了，提前占的座位会被别人抢走。

等我听完讲座再回到草坪时，没有见到那个女孩。我暗骂自己，学校里讲座多的是，不仅我们学校的教授，就是北大、清华的教授也经常来我们学校举办讲座，我为什么非要去听那个讲座。我放在座位上占位子的是我的书包，书包里有书，有笔记本，有借书证，有饭卡，有一个准备听完讲座就去取的只有三百块钱的存折，但是这些东西就是让别人拿走了又怎么样？何况在学校里面，会有谁拿这些东西呢？我居然错过了认识那个女孩的机会，而那个机会简直是千载难逢啊！

在白炽灯牛奶一样的光线里，五十名同学的体温已使这个冬天的教室像一个温室，四十五分钟的时间让早晨六点钟就起床的我昏昏欲睡。下课铃一响，原本静止的教室晃动起来。我起身往教室外面走，我想用外面寒冷的空气刺激一下我快要昏睡过去的头脑。这幢楼每层只有一个三四平方米的阳台，我出去的迟了，阳台上已经站满了人，我转身信步顺着昏暗的楼梯往上面走，五楼有一座连着前面一幢教学楼的天桥，天桥上人不多，可以换换脑筋。

那时雨变小了，雾已散尽，但是天空还是昏暗的。我在天桥上左看右看，我的身边除了过来过去的同学，就是雨。我往下面望了一会儿，每层楼里都发出一排排牛奶一样乳白色的灯光，我便抬头往上望。

荟文楼是一座复合式的九层建筑，里面分为四个部分，最高的是历史系的，我看向外语系的窗户，我的目光穿过牛乳一样的灯光，伸进一扇窗户就不动了。那扇窗户里面坐着一个穿着黄衣服的女孩，那个女孩就是让我一想起来就后悔没跟她认识的女孩，我一直想着她的。原来她是外语系的，如果我去打听一下，肯定会知道她是哪个班的，叫什么名字。

整个校园的同学在同一阵钟声里去上课，去图书馆，去饭堂，也在同一阵钟声里下课休息。离我十几米远的窗户里的那个女孩也下课了，但是她没有出去休息。她坐在教室后面的一排座位里，眼睛望着窗外的雨，我目光的终点是她目光的起点，我们目光的中间隔着山城大学里两幢楼之间的一场无休无止的冬天的雨。我看着她，她看着雨，雨吸引了她的目光，也让她看不见我。

也许我在天桥上大声叫她，我的声音穿过密密细细的雨帘，穿过她眼前的窗户，她就会看到我。但是，我身边那么多看雨的同学，我的行为肯定会成为一个笑话，让他们在雨天里惊奇不已。也许我冲着那扇窗户做个手势，她肯定会穿过雨丝，把她的目光投向我，认出我来。但是她能认出我来吗？除了报到那次，她再没有和我说过话，我还不知道她的名字。

好几个夜晚，我背着书包拿着雨伞，在女孩上课的那层楼道里走动。那层楼里面有很多间教室，有几间教室里在讲课，有几间教室里面正在放英语朗读，有几间教室里有很多学生在上自习，这几间教室里都没有那个圆脸、大眼睛、头发齐肩的女孩。

只有在星期二和星期四的上午，那女孩会坐在五楼靠近天桥的那间教室后面的一排靠窗的座位上听课。星期二和星期四上午校园里的下课铃一响，我就站在天桥上，隔着一场雨，或者是一场雨雾，望着对面牛乳一样的白炽灯灯光里那个临窗坐着的女孩。那个女孩也望着窗外，望着两幢楼之间的这一场下了很久还在下着的山城的冬天的雨。

在我快要失望的时候，在我认为与她无缘的时候，她看到我了。

那天像往常一样，下课后我来到了天桥上，看着对面的教室。那天依然下着雨，教室里没有几个人，她独自坐在临窗座位上把眼睛投向了窗外，穿过密密细细的雨雾，她看到了我，她的目光是那么平静。

我想举起手向她打个招呼，当鼓起勇气举到一半时，曾皮走过来拍了一下我的肩膀。当我再一次看向窗内的她时，她已在低头看书。

她那平静的目光，那雨中的样子，多年之后，在这座南方城市，当我再一次回忆时，不由得写出了下面的诗句：

……

在歌声的余韵里

她向山下久久瞭望

然后云雾一样升起

一生所要追求的幸福

和不可言及的痛

今夜潮声起伏，星光汹涌

许多条路都醒着

临水的城市，在树叶下打量着天空

叫梅的女子，手掌明灯，伫立船头

夜色大片大片地逃遁


她在夜幕里放歌

逆水而上

两岸的灯火拥挤着

逆水而上


南方，南方，脚下的南方

清晨盛开，夜晚凋谢的有关梅的情节

我在路上生存并寻找

每一处风景都发出叹息

我伸手采一朵夜幕中的花朵

就会有一条心的支流

发出祥和的弦音

## 第二章　曾皮其人其事

曾皮是校园里的传奇人物，他是我来到山城大学结交的第一个朋友。说他传奇，是因为他爱好写作，最喜欢写诗，在学校的校报上经常看到他发表的"豆腐块"，学校广播站也常常在就餐时间段朗诵他写的诗歌。他擅长写爱情诗，虽然他一直没有女朋友，但是他写出来的诗，总是让人感动。据说，有些男生向女生表白之前，就会跑到曾皮的宿舍求他写首诗，然后把这首诗记住，对女生表白时，只要声情并茂地背诵出来，一准能获得芳心。所以，曾皮的床头总是堆满各种零食，都是这些男生送的。

曾皮成为山城大学的风云人物，也正因为他太"火"了，每天都在忙碌着写作和帮别人写情诗，结果到了大一期末考试时，挂科三门。被现实无情地嘲弄，曾皮有点难过，旁边有同学给他出馊主意，让他准备一些礼物，晚上去拜访任课老师，说不定老师会给他网开一面。

曾皮还真的照做了，当他被老师委婉地请出门之后，他走在樟树林的小路上，第一次感觉到自己原来这么孤单。

曾皮后来告诉我，那天他坐在山坡上，看着远处的城市灯火，终于明白自己作为一名大学生的责任和义务。

第二天，他主动向学校申请留级一年，从头再来，好好学习。

我在大一新生军训时，写了几首诗在《军训快报》上发表后，在同学之间流传，辅导员跟我说起了曾皮，并告诉我，这个人是个人才，你们都爱写诗，应该互相认识交流一下。

于是，军训结束之后，我就走进了曾皮的宿舍，他就在我宿舍的斜对面。大一的第二学期，他向宿管老师申请换到我的宿舍，住到了我的上铺。

曾皮与我很投缘，记得第一次见面时，两人就有一种相见恨晚的感觉。两人从下午一直聊到天黑，也不去食堂吃饭了，直接走到学校北门那一溜儿小饭店那里，搞了一箱啤酒，要了一盘花生和一盘毛豆，天南海北继续开聊。

我记得非常清楚，那天我和曾皮喝完一箱啤酒以后，趁曾皮去上厕所，我喊服务员过来结账。结果服务员说，刚才那个人已经到服务台把单买了。

我看着曾皮远远地走了过来，说道："你小子搞偷袭。"

曾皮笑着说："我猜着你要偷袭，所以就先下手了。"

他走过来搭着我肩膀说："以后我们就是兄弟了。我是兄长，应该我买单。"

我笑了笑，没有说谢谢，来日方长，我知道以后应该如何去做。

在与曾皮的相处中，我慢慢地知道了他很多故事。

曾皮的老家在北方小县城，家里经济条件一般，但是父母很重视对他的教育，尤其是他想看什么书，都舍得花钱给他买，甚至还多次带他参加一些名家的新书签售会。父母见他喜欢写作，就鼓励他写作和投稿。没想到，他还真有天赋，初中时就在报刊上发表了十多篇文章，到了高中，更是一发不可收拾。一家出版社编辑居然主动向他约稿，他非常顺利地出版了自己的著作，成为他那小县城历史上唯一一个在中学时代出书的人。

在我第二次与他坐在一起喝啤酒时，他把藏在心里的秘密告诉了我。

曾皮在中学时与一名同班女同学关系非常好，在学习上考试争抢第一，在写作上比谁发表的文章最多。曾皮把她当哥们儿，女同学把他当姐妹。两人在一起有时候嘻嘻哈哈，有时候你踢我一脚，我打你一拳。用同学们的话来说，就是相爱相杀，上辈子不是仇人，就是情侣。

曾皮自然没有把大家说的这些话当真，都还是中学生嘛，以学业为主，儿女情长的事情，他想都没想。

两人都对山城很向往，于是相约一起考山城大学，并且说在学习上和写作上，就算中学分不出胜负，到了大学也一定要分出胜负。

就这样，两人顺利地拿到了山城大学的通知书。

那天，曾皮拿着新发表文章的报纸兴冲冲地往女同学家里走去，之前两人约定，谁发表了文章，就得请对方吃雪糕。

当曾皮从城东的家里走到城西的女同学家楼下时，正好遇到了一辆救护车停在楼下。

女同学被医护人员从楼上抬了下来。

"你怎么啦？"曾皮看着脸色惨白的女同学，焦急地问道。

女同学看着曾皮，努力地挤出一丝微笑，说道："没什么，就是有点儿头晕，马上就回来。"

曾皮怎么能相信她说的话呢，救护车都来了，病情肯定很严重。

于是，他赶紧抓住女同学妈妈的手问："阿姨，这到底是怎么啦？"

之前开家长会时，他见过女同学的妈妈。

女同学的妈妈含着眼泪说："没事，你先回去吧。"

曾皮瞬间觉得大脑一片空白，救护车开走了，他还一直站在楼下发呆。

曾皮说，他也记不得到底过了多久，反正感觉自己整个人都傻了。过了很久，有个老奶奶走到他面前。

"这孩子半年前就查出癌症晚期，她爸妈带她去过好几个地方治疗，花了很多钱，医生说花再多钱也没用。她很好强，一定要考上大学，即使不能去读，至少也证明她不比别人差。这不，前几天刚收到山城大学录取通知书，今天在家又晕倒了。可惜啊，不知道这次能不能回来。"老奶奶边说边摇头叹息。

曾皮听了老奶奶的话，想起这半年，女同学请过好几次假，并且每次都是好几天，甚至一个星期。他问她干吗去了，她总是故作神秘地说"保密"。

真相大白了，原来她每次请假其实是去外地看病，而自己却傻愣愣地一点儿都没想到。

曾皮觉得天旋地转，第一次觉得原来自己如此在乎她，她已经悄然住进了他的心房。

他拔腿就向县人民医院方向跑去，一路上像个疯子在奔跑。他到了医院上上下下打听了一圈，她不在这所医院。他由不得多想，又往县中心医院跑去。就这样，他跑遍了县城四家医院，都没有找到她。

他走在路上，感觉全身虚脱了，连灵魂都仿佛离开了自己的躯体，他第一次觉得，她才是他的生命。

十天之后，她的妈妈来到他家，递给他一个笔记本，上面写满了诗歌。

她那天直接被救护车送到省人民医院，三天后就永远地离开了这个世界，离开了爱着她的爸妈，离开了与她打打闹闹的曾皮。她的骨灰，尊重她生前遗愿，撒向了河流，流向大海。

曾皮把自己一个人关在房间里，一页页翻看着笔记本，里面全都是诗歌，是写他的诗歌。每一行诗句都透露着对他的青涩的爱。

曾皮抱着笔记本哭得昏天黑地，觉得诗句的每一个字都是她的微笑、她的秀发、她的背影。

就这样，曾皮在家里昏昏沉沉地一直待到开学，在父母的劝慰下，才强打着精神收拾行李来学校报到。

　　曾皮说，来到山城大学之后，他一改之前写小说的方式，把自己对她的思念全部化成一首首诗。很多人都奇怪他没有谈过恋爱怎么能写出那么感人的诗句，其实谁又知道，他对她的爱有多深，他对她的思念有多深。所以，他常常陷入思念之中不能自拔，导致上课经常走神，这也是他考试挂科的原因之一。

　　后来，他想送礼贿赂老师被请出门之后，他一个人进行了深思——如果她与他在一起上学将是什么样子？是不是两人你追我赶地在学习？他应该假想着她就在他的身边，假想她与他在同一个班，假想两人像中学时那样铆着劲儿学习。于是，他向学校申请，留级从大一重新开始，想象着与她一起进入校园，一起学习。

　　我听了曾皮的故事，久久地陷入沉思，没想到这个在别人面前有时喜欢贫嘴逗乐的人，居然还有如此感人的故事。

　　我很想知道那个女同学叫什么名字，直到我与曾皮大学毕业，他都没有告诉我。他只是说，你不必知道她是谁，她的名字已经烙印在我心里，一辈子。

## 第三章　稀里糊涂的大一生活

我来读书时，父母掏空了家里所有的积蓄，交完学费，手里的生活费就紧巴巴了。学校里有一些同学在勤工俭学，我觉得不能再给父母增加负担了，便开始留意关于勤工俭学的工作。

我问曾皮有没有去参加勤工俭学，他笑着说，我每个月都能发表几篇文章，拿的稿费足够生活费了。我觉得用投稿拿稿费来赚取生活费的方式很好，于是每天放学之后就趴在床上写文章，写完修改好再拿到图书馆或者教室里，一笔一画地认真誊写到稿纸上，按照报刊上的投稿地址一个个邮寄过去。

我就这样没日没夜地写了两个月，也陆续投稿了三四十家报刊，结果都石沉大海。而曾皮却不一样，每次我与他一起去邮局邮寄稿件时，他总是能顺带从兜里掏出一两张邮局的汇款单，是报社或杂志社给他的稿费。

看到他领取稿费，我的内心既强烈渴望这样的好日子早点来临，同时也为自己的文章石沉大海而暗暗自卑。曾皮总是很考虑我的感受，每次领到稿费，都会请我吃点什么，稿费多就吃饭，稿费少就吃点路边摊，来点烤串、来份凉皮、来份炸鱼丸等。而我也不能总厚着脸皮让人家请客，虽然两人相处得亲如兄弟，但是亲兄弟也要明算账嘛。所以，有时我也抢着买单。曾皮很能体谅人，能从别人的角度去考虑问题，他有时见我抢着买单，也就笑笑让我掏钱。正因为这样，我们两人之间的友情更加真诚。

半学期过去了，居然没有收到一分钱稿费，生活费更是紧巴巴的，我都开始怀疑自己到底是不是写作的材料，这半学期，投稿的邮寄费都花了不少呢。我还得去干些别的挣钱才行。

我把想法告诉了曾皮，曾皮没有反对，说你去试试，我们都年满十八岁了，利用学习之余勤工俭学，减轻家里父母负担，这是应该做的，但是千万别为此耽搁学习。

于是，我就开始计划到外面去找兼职。

首先，我买了《山城晨报》《山城晚报》《山城人才报》，上面发布了很多的招工消息，但大多是职业中介所发布的。

我把这些报纸仔细地看了好几遍，然后选了几家交通方便的，能从山城大学的门口直接有公交车到达的，决定周六上午就去试试看。

周六的早上，我早早地起床出发，坐了五站公交车，来到了一家职业中介所的楼下。

想象中的职业中介所应该是宽敞明亮的，但这家中介所在一栋居民楼里面。居民楼应该有些年头了，没有电梯，楼梯两侧贴满了各种小广告：开锁、安装空调、疏通下水道，还有招募模特、广告发单员、礼仪小姐、保安等。

职业中介所在四楼，我走到二楼时，心里就开始打退堂鼓，心想这样的地方能提供工作吗？

正在犹豫是不是下楼换一家时，楼上下来三个女大学生模样的人，边走边议论。

"这次提供的工作比上周的好，这个一天有一百块钱，上次从早累到晚才给八十块钱。"

"是啊。上次发的传单太多了，还得几个路口来回跑，不能固定在一个路口。那天回去我躺在床上都不想动，彻底累傻了。"

"那我上次比你们要幸运，是在一个会场做礼仪，中午还管盒饭。这次我们去给超市做新品推销员，说不定也能管我们午饭。"

听到三个女生的议论，又看她们的样子，有点像我们学校的学生，因为另外几所学校离这里比较远，学生应该不会跑到这边来找兼职工作的。看来这中介所还是比较靠谱的，于是，我还是决定上楼。

到了四楼，天啊！中介所门口已经站了五六个人，都是学生打扮。我挤进去一看，发现也就两个小房间，都挤满了人，连坐的地方都没有。

"这位同学，是来找工作的吗？"我正想找人打听，一个又高又胖的中年妇女盯着我问。

"是的，我是山城大学的学生，想问问这里有没有兼职工作。我周六、周日都可以做。"我第一次出来找工作，说话难免有点紧张。

"这里的工作一大把，你先填张登记表。"中年妇女说完就走到一张桌子边，拿来一张纸递给我。

这是一张用 A4 打印纸制成的表格，上面有姓名、性别、年龄、身高、求职岗位等必填的信息。

"那个女同学，你让一下，等会儿工作信息出来了，我告诉你。你让这个男同学坐在那里把表填好。"中年妇女看着一个女生，对她说。她坐在一张桌子旁边，旁边几个人也正在低头填写表格，只有她一个人坐在那里，啥事都没干。

我连忙走过去，笑着对她说："不好意思啊，我填好就马上让给你坐。"

没想到那个女生很大方地说："没关系，我等会儿拿到用工信息就走。"

于是，我从书包里面掏出一支笔，工工整整地在表格上面填写。当把所有信息都填写完之后，发现表格下面有几条说明，大概意思就是中介所每天只提供一条工作信息，若不愿意接受，当天不再提供，中介所只负责提供信息，工资由用工单位提供，遵守用工单位规章制度等。最后一条标注着会员费是全年八十元。也就是说，只有交了八十元，成为中介所的会员才能获得中介所的工作信息。

八十元，有点高啊，够一个星期的生活费了，而且自己当时只带了二十元在身上。我出门时认为，自己这是出去找兼职挣钱的，根本就没有考虑还要花钱。

在这个登记表最下面签字处，我故意没有签字，想先看看周围那几个学生的情况。我前面总共是五个人填写申请表，有两个人交了钱，另外三个人对中年妇女说他们到外面商量一下，然后三人出门之后就没有再回来。

刚才那个让座的女生还坐在那里等用工信息。

中介所唯一的一部电话响个不停，另外一个稍微年轻些的妇女拿着笔在本子上记录着，从她在电话里复述的信息来看，都是对方在问有没有装修小工、货车司机、仓库保安等。

中年妇女见我还拿着登记表，就问我："你写好了吗？写好了给我。"

"是不是还要交八十元会员费？"我问道。虽然我刚才已经听她对前面五个学生说了好几遍了，但我还是想问问。

"是的。"她边说边拿着一本收据本，坐在我旁边，准备写我的名字。

我有些尴尬，不好意思说自己手里没有这么多钱，只好说："我先考虑一下。"

"那你再考虑一下吧。"中年妇女说完就把我的登记表收走了。

这时，又有好几个大学生模样的人走了进来，我借机走出房间。到了外面过道，看到刚才进门时见到的几个人还在那里。

"哥们儿，你们是在等用工信息吗？"我问旁边一个男生，他长得比我矮，也比我瘦小。

"是的。我缴费一个月了，只干了一天，会员费还没挣回来呢。"那个男生抱怨道。

"没有合适的工作吗？"我问道。

"交钱那天去发了一天传单，挣了五十块钱。后来的工作信息都是什么保安、钳工，都不是我们能做的。"那个男生说。

"我刚才上楼时，见有女生拿到工作信息。"我又问道，毕竟初来乍到，得先了解一下情况。

"很多单位只要女生，同时适合女生的工作也多一些，比如发传单、做会场礼仪人员、做酒店迎宾员等。"那男生说。

"是啊，同样发传单，他们更愿要女生，不要我们男生。"另一个胖男生在旁边插嘴道。

"为什么啊？"我好奇地问道。

"女生发传单，对方基本上不会拒绝，就算不看内容，也会拿着走一段路才扔到垃圾桶里面。而男生发传单，有些路人连理都不理的。"胖男生说。

"这样啊，看来这活也不好干啊。"我说。

"发传单也是有学问的，不能乱发，路人把传单丢在地上，我们还得捡起来，不能影响市容市貌。"胖男生说。

我与他们又聊了几句，就下楼离开了，决定去另一家职业中介所看看。

第二家职业中介所就在这家的马路斜对面，过了天桥，再走路五六分钟就到了，进去一看，里面的环境比第一家还差，收费也是八十元，门口照样站着好几个学生正在等用工信息。

看来兼职工作确实有，只是需求量没有那么大。我心想，花费八十元换一年的用工信息还是比较划算的，只要做一两天工作，就能赚回来。但是这个八十元掏出去多多少少有些让人心痛。

公交站牌附近有几个广告牌，上面都贴满了招工信息，我抄下电话号码，到公用电话亭打电话去询问，得知全都是职业中介所贴出来的。这次我有了经验，在电话里就问他们收多少钱，有说收一百元的，也有收五十元的，但是收费八十元的居多。

就这样，我在外面转悠了一天，跑了五六家职业中介所，居然没有环境比第一家好的。

最后一家，屋子里面就一个五十多岁的老头，摆一张桌子，一部电话机。我刚进去，他就接到一个电话，对方问有没有发传单的，男女不限。我一听，这不错，跑了好几家都是排队等用工信息，这家居然这么巧正在找人。我试着说，能不能让我去干，今天没带钱，明天早上来交钱。老头说，这可不行，对方今晚就要确定人员，明天早上就要发的。

一分钱憋死英雄汉，我出门时兜里只放了二十元，中午在外面吃了碗面条，现在就只有十五元了。

见我还在犹豫，老头说："我这边的工作机会多，学生都已经安排完工作了，明天不一定有学生能有时间去这里发传单。我就收你单次信息费吧，你给我二十块钱，我就把对方的联系方式给你，你等会儿过去与对方见面。"

我正想说自己兜里钱不够，他又补充道："年费是八十块钱，这单次收你二十块钱，如果你想全年的话，你明天在我下班之前来把余下的六十块钱补给我。"

我犹豫了一下，觉得这方法不错，但是自己没有那么多钱，只得说："我今天出门时没有带那么多钱，我是顺道过来问问工作的事情的。"

这时，也快到下班时间了，老头见只有我一个人在这里，又很想让我交费，就问："你有多少钱？十块钱总有吧？"

"有。"我一听只要十块钱，瞬间觉得自己说话的声音都响亮了。

"好吧。我看你这个小伙子长得不错，是个老实人，你交十块钱，我现在就把信息给你。就算你就干明天一天，这十块钱，你也赚回来了。如果你想全年找兼职干，明天就过来补交。"

我掏出十块钱递给老头。他给我开了一张收据，并特意在上面备注"不退费"三个字。

递给我时，老头又说："记住了，如果你不补交会费的话，这十块钱就只能拿这一次信息，而且是不退费的。"

我点了点头。老头用纸写了一个人的电话号码和公交车站的地址。

"你赶紧坐车到这个公交站，然后给他打电话，他就在那附近。"老头说完就把纸条递给我。

我拿着纸条向老头道了一声"谢谢"，就往公交站走去。我平时周六、周日很少出去玩耍，基本都是与曾皮一起写文章投稿。看到公交站牌，才发现，到那里去得坐十五站。上了公交车，我掏出山城地图查看，发现从学校门口走没有直达那里的车。也就是说，我明天早上去发传单，必须从学校坐车到现在的地方，然后再换车到目的地。

先不管那么多，有份兼职工作就行，大不了明天早早起床，我暗自给自己打气。

这十五站，真够远啊！此时已经立冬，天黑得早，马路两旁的路灯都亮了。

公交车开得慢，每个站与站之间的距离又比较长，公交车在城市里绕来绕去，一个半小时之后，终于到站了。

这时天色已经暗下来了，我连忙跑到电话亭给对方打电话，对方说："你看看你周围有没有一个推着自行车、戴个鸭舌帽、穿个蓝色棉衣的中年男人。"

我挂了电话，就四周寻找，还别说，真有一个这样的人，只是不像中年人，倒像个老头。有几个学生模样的人站在他身旁。

我走过去仔细一看，原来是那几个学生发完传单回到这里来与他结算工资。等他忙完，我走过去主动介绍了自己。

"您好，我是来做兼职发传单的，刚才已经给您的公司打过电话了，他们让我来找您。"

那个老头上下打量了我一番，说："明天早上六点，你到这里来领传单资料，工资日结，五十块钱一天。"

我点了点头，说："好的。中午管饭不？"

老头听了笑了笑说："只有那些大公司管饭，我们不管饭。"

我把今天从别人聊天中学到的一点点经验拿出来再问："一天发多少份传单？是固定在一个地方发吗？"

老头说："最少发出五百份，上午一个地方，下午一个地方，我到时会骑着自行车过来检查的。具体在哪个位置发，我明天会给你们分工。"

"早上六点是不是太早了，路上都没什么行人呢。"我不解地问道。

"早上发的是一个卖早点的包子铺传单，当然要早些。下午是给一家夜宵店发传单，所以就要下午。"老头很有耐心地向我解释。

我明白了，原来不是给他们自己公司做宣传，他是发传单的代理方，然后再把我们这些做兼职的学生都喊在一起来干这活儿。

老头问了我一些问题，又跟我讲了一些发传单的注意事项。一是算我面试过了，二是算给我做了前期的工作辅导。

当我回到学校时，已经是晚上八点多了，整个路程花了两个小时。躺在宿舍里，我脑海里盘算着，明天早上六点钟到，那我不得四点钟就要从学校出发？而公交车最早班是五点，我坐车赶过去肯定来不及了。

那天晚上，我在床上辗转反侧，埋怨自己交那十元钱时为什么没有提前问清楚是在什么地方兼职。跑了一天，啥兼职都没找到，还交了十元钱。

要不要明天去补交七十元办个全年的会员，重新让职业中介所提供一份就近的兼职？

还是自己太嫩了，考虑问题不周全。

第二天早上，我四点半就被闹钟吵醒，我觉得要赌一把，坐头班公交车过去。清晨路上车少，说不定公交车开得快很多，也说不定那个老头为了完成公司的任务，会在那里等我。

立冬后的山城，漆黑漆黑的，我借着校园内微弱的路灯摸索出校门，走到公交车站。寒风吹在脸上，像刀划过一样。

幸好，我没等几分钟，公交车就来了。

到站后，见到那个老头时，已经六点半了，早晨的公交确实比傍晚要快。我连忙向他解释原因，他笑着说："没关系，大家都不容易。"

他把手里的一沓传单递给我，然后指了指不远处的一个路口，让我到那里去发传单，那个路口正是一个小区居民外出的必经之路。

于是，我就这样在山城开始了第一份兼职工作。在整个大一期间，我从事过的兼职有派发传单、发放街头调查问卷、超市商品导购、维护大型商演活动的秩序（也就是保安）、推销过水笔、卖过图书，五花八门。大一结束，我总结发现，自己虽然挣到了一些生活费，也体验了各种生活，但是好像对学习没有半点帮助，有时反而耽误了学习，可以说我的整个大一生活稀里糊涂的。在看到自己有一门课考了五十八分，挂科补考时，我才明白，学生可以兼职，但是千万不能荒废学业，否则就是舍本逐末、得不偿失了。

# 第四章　她闯进了我的心房

我叫张得强，来到山城，看到校园里成双成对的情侣，我的内心不由得也骚动起来。我渴望爱情，多次在夜晚梦见自己牵着女生的手在校园的草坪上奔跑，那是多么幸福的事情啊！

这些只是梦，或者说这些只是我在学习和兼职的空暇时脑海里的幻想，然后幻想就变成了梦境。

我常常在校园里彷徨，期待邂逅那个能让我怦然心动的女生。春去秋来，直到大二时，我遇到了前文说的那个她。

我在看到她的瞬间，心跳突然加速，感觉有点喘不上气来了。

她是那么的美丽动人，青春洋溢，齐肩的头发，圆圆的脸，一双会说话的迷人大眼睛。

只那一次，我就陷入了那眼神里面，不能自拔。

后来，我多次走过女生宿舍的那条道，留意过食堂里面的每个女生。有时我也悄悄地推开教室的后门站着观察，一次次渴望能见到她，但却一次次失望地回到宿舍。

没想到，在雨季，我居然站在天桥上看见了她。虽然，她此刻是坐在对面的教室里，但我瞬间感到，阳光照进了我的胸膛。

"原来你在这里看美女啊。"曾皮轻轻地打了我一拳。

我与他之间没有秘密，便指着对面窗户里的那位女生对他说："新生报到时，她向我问路，一个非常漂亮的女生。"

"你俩好上了？"曾皮很惊讶地问。

"没有。只是见过而已，从那以后就再没有见面说过话。"我有些尴尬地说。

"哦，原来你是在单相思啊！"曾皮打趣道，"跑去把她电话号码要上呗。"

"我可不敢，没自信。"我直接说出了心里话，这是真真切切的大实话。

为什么我既渴望认识她，又不敢认识她呢？原因很简单，她长得很漂亮。虽然很多人也说我长得帅，但是我在这方面总是不够自信。我这个样子站在人堆里，跟路人甲没有区别。还有一点就是，那天她是坐着小轿车来学校的，看她的穿着，家里条件应该很好，而我还要为了生活费去做兼职工作。想到这里，我的内心难免有些自卑。

"瞧你这熊样！"曾皮一副鄙视我的眼神，说道，"男人，就得勇敢。你不去追，怎么就知道追不上呢？爱拼才会赢！"

这家伙居然把这几年流行的歌曲《爱拼才会赢》都借用过来了。

我看着曾皮，内心还在纠结。

曾皮见我一副傻样，就坏笑着问："我知道她叫什么名字，哪个班的。想要我告诉你的话，请我去喝酒。"

我盯着曾皮，心想，这家伙对酒真是情有独钟，夏天喝啤酒，冬天喝白酒，喝多不喝醉，还美其名曰地说这样有利于身体健康。他说夏天喝冰镇啤酒凉爽，冬天喝白酒暖和，搞得我这个来读大学之前没喝过酒的人，居然把喝酒的潜质也挖掘出来了。

"你能认识她？忽悠人。"我对曾皮说。

"方君，美术系一年级三班，今年刚好十八岁。她虽然读的是美术系，但她喜欢英语，就常到外语系这边旁听。对了，再过一个月就是她的生日。"曾皮说完看都不看我一眼，就走下了天桥。

这家伙说得有模有样，不像是骗我的。我赶紧跟上，赔着笑问道："你怎么知道的？"

我能感觉到自己当时的样子可以用"卑躬屈膝"来形容。

"吃完饭再说。"曾皮丢下一句话，就往教室里走去。

这家伙把我拿捏得死死的。

上完课，我被曾皮拽到饭店狠狠地宰了一顿。然后，他拿着牙签，剔着牙，故意漫不经心地讲述了他认识方君的故事。

方君原来是他中学母校的学妹，初中毕业之后，她曾在农村小学当过一段时间的代课老师，后来放弃工作，来到他的母校学习。曾皮考进山城大学之后，第一学期放假，被母校老师邀请去做了个讲座，鼓励学弟学妹们努力学习，将来考进山城大学、考进清华北大。方君主动要了他在大学的地址，然后还给他写过信，请教学习方面的事情。方君高考时，曾皮就鼓励她考到山城大学来，方君读的属于两年制脱产班。

"你俩是一对儿？"我听到曾皮介绍了两人情况之后，强压着内心的痛苦问他。自己好不容易喜欢上一个人，没想到这个人居然是好兄弟的女朋友。

"你说啥呢？神经病！"曾皮听了之后哈哈大笑，说道，"她就是我中学的学妹而已，她能取代我心中那个人吗？"

"她真不是你女朋友？"我疑惑地问道。

"怎么可能啊？我对她没有感觉。你放心去追。"曾皮的表情都有些不高兴了，看来真是我误会了。

见曾皮认真的样子，我也就认真地问他："曾皮，我们两个是好兄弟，你是我在山城最信任的人。我不想因为一个还不认识的女生影响咱俩感情，我不是那种人。如果你们真的是情侣，或者说你喜欢她，我现在就把喜欢她的火苗给掐灭。"

曾皮见我一本正经的样子，哈哈大笑，然后一拳头打在我肩膀上，骂道："神经病，真会胡思乱想。"

"确定？"我不怒反笑，问道。

"当然确定啦！我支持你，她每周六都在图书馆看书。"曾皮说，"就看你自己怎么与她说上话了。"

"你们都是学长学妹，你直接把我们两个拉在一起介绍一下，不就可以了吗？"我笑着说。

"谈恋爱这事，我不会插手，也不想做媒人，否则你们好上之后，若是分手了，岂不埋怨我？"曾皮说。

"呸呸呸！还没好上呢，就说分手。"我给曾皮回了一拳头过去。

随后，我把刚才想到的几个问题向曾皮咨询。

"那天她来报道时，有辆小车送她，一看就不是一般的人，那是她家的亲戚？"

"这个我就不知道了，那几天我不是被老周逮去干活了吗？直到军训完，我才见到她。"曾皮说，"应该是她家亲戚，农村姑娘好不容易考上大学，城里的亲戚能不帮忙送一送？"

我想想，觉得曾皮说得有道理。

曾皮说的老周是我们的英语老师，四十来岁，在海外留过学，很有经济头脑，闲暇之时总爱跟我们讲经济学、世界经济规律、国际贸易等知识，我们听得津津有味。同学们还私下里开玩笑说，老周应该去经济系，留在我们中文系真是太可惜了。

老周闲暇之时跟我们聊经济学的地方，不是教室，也不是校园的其他地方，而是在他弟弟开的饭店里面。听说他弟弟当年读书不努力，高中毕业之后就开始做小买卖。老周留学回来到山城大学任教，就让他弟弟到这边开饭店。最初是个小吃店，类似现在满大街的成都小吃和沙县小吃那样。老周让他弟弟每个月推出几款新菜品，还邀请学生来试吃，并且规定点餐之后十分钟没有上菜，就打折甚至免单。如今很多饭店也开始实行这种约定时间上菜的方式，在二十多年前老周就让他弟弟实施了，现在想来都令人佩服。

由于小吃店位置靠近校园北门，而校园的北门这边都是教师职工楼和学生宿舍楼，所以生意非常火爆。后来，他弟弟，我们通常喊他周老板。在老周的指点下，仅几年时间就发展成为集咖啡厅、茶馆、KTV、家常菜馆、高档餐厅、超市、服装店和网吧于一体的餐饮商贸公司，北门一条街，有一半都成了周老板的产业。

我们猜，老周应该也是有股份的，那时传呼机是很稀罕的东西，而老周已手持大哥大了。周老板常谈他的发迹史，按他的话说学生的钱最好挣，因为学生的钱都来自家长，属不劳而获，所以不知道珍惜，花起来如流水一样随心所欲。但是学生的钱又不是很多，每个家长也只给那么多。不能仅靠饭店来挣钱，学生各种开销都有，要让学生不出北门这条街就能享受到吃喝玩乐一条龙服务。

山城大学的学生多，周老板精准地抓住了这一消费群体，尤其是网吧的生意非常火爆，很多学生常常是排着队来玩通宵。你可以边玩游戏边让服务员帮你到旁边饭店里面打包饭菜过来，周老板的服务非常周到。

我是到了大二才认识老周，因为这学期正好是他教我们英语课，然后才知道他与北门一条街的关系。我真后悔自己大一怎么就稀里糊涂地跑到外面去做兼职，完全可以在周老板这里找事做啊。不过，后来才知道，老周从来不插手他弟弟周老板公司的具体经营，他只管公司发展方向。周老板在用人方面也是很有办法的，除了饭店厨师、网吧网管、电工水工是男的，其余的工作人员全部是女的。

老周家住在游泳池边上，他还跟我们说，他每天清晨五点起床，大冬天的在游泳池冷水里游上几圈，再回去用热水把自己泡得全身发红发热，然后才开始一天的生活。他从来不睡午觉，不抽烟，酒只是在谈生意时喝几杯，他一边讲一边用拳头砸几下自己的胸膛说，我看起来很瘦，其实很结实。他多才多艺，还是学校第一批研究电影的人，而且小有成就。这一点我们深信不疑，我们手里的教材就是老周编著的，而且荣获过国家级奖项。在山城这个地方，各种老总、经理满天飞，但是不少人都听过老周的名号，有些老板的公司的发展遇到瓶颈了，还跑来请老周喝喝茶，请他给公司把把脉。我们越发觉得老周是被英语专业耽误了的商业精英。

老周不喜欢我们叫他周老师，他说叫老周显得亲切。曾皮是在暑假的时候才认识老周的，他大一考试挂科，决定留级，觉得自己无脸回家见父母，学校里宿舍又不让住，就自己在北门租了个小房间，天天在里面看书、写稿子。到了重读大一时，暑假也没回去，仍然在外面租房子住，结果就是在这个暑假认识了老周。

有一天曾皮在路上遇到自己的英语老师在与老周聊天，就走过去跟英语老师打招呼，于是英语老师就把他介绍给老周认识了。没想到，老周一听曾皮的名字，两眼放光，说久闻大名了，很是高兴。原来老周年轻时也是一个文艺青年。很快两人惺惺相惜，就成了忘年交，过了一阵子，老周把二十年来零零碎碎写的诗歌都翻出来，让曾皮帮他整理和修改，他要去出版。顾城、北岛、海子、汪国真……那个时代的诗坛名人都是老周的偶像，所以老周写的诗融合了各路诗人的影子。

曾皮虽然只是个大学生，但是在发表文章方面，确实有好几年经历了，尤其是还出版过自己的书。因此，老周对曾皮是言听计从，曾皮的早、中、晚餐也都被老周承包了。老周把他介绍给自己的弟弟周老板认识，并说这个人以后在我们任何一家饭店吃饭都免单。不过，曾皮很有原则，帮老周整理完诗集之后，再去吃饭时，都主动掏钱买单。

曾皮后来对我说，我帮他干活儿，不拿工资，免费吃几顿饭，这是天经地义的事情，但是活儿干完了，再去蹭吃蹭喝就不地道了。

我为什么一直把曾皮当作最好的哥们儿，就是因为他做事很有原则。

只是我没想到的是，曾皮并没有把他与方君真正的关系告诉我。也因此，最后给大家都造成了无法弥补的伤害。


下一个周六，我没有去兼职，而是早早地来到图书馆。曾皮比我还早到，他见我来了，用手指了指窗户边一个位置，空空的，没有人，但是上面放着书，已经被占了。

我走过去，在后面一排坐下，然后扫了一眼周围，见大家都在低头看书，于是以迅雷不及掩耳之势，把前排那本书拿过来，翻开一看，里面赫然写着"方君"两个字，字迹娟秀，非常工整。

曾皮，果然够兄弟，之前我还有那么一点点怀疑他是跟我开玩笑的。

我翻开书，却无法看进去一个字，按捺不住内心的激动，祈祷她快点出现，又担心她别这么快出来。既想马上见到她，又害怕见到她时不知道该找什么理由与她说上话。

每一分钟都是一种煎熬，我从来没觉得十分钟居然有这么长。戴在左手上的电子手表，准确地告诉了我，从我坐下到方君走过来坐在前排，只有十分钟。

她还留着齐肩的秀发，穿着一件米黄色外套，刚坐下就从书包里面掏出笔和本子，趴在桌子上不停地写。

她没有看我一眼，或许她对我根本没有一丝印象，甚至不记得曾经向我打听过女生宿舍这件事情。

图书馆已经坐满了人，很安静，没有人说话，只有翻书声或出出进进的脚步声。我几次看向曾皮，他却一直低头写字，估计又准备要给某家报刊投稿。

虽然，整个上午我都拿着书在翻看，但是却没有看进去一个字。快到中午时，陆陆续续有人离开去吃饭，有的把书本还留在桌子上占座，不占座的，基本上都是下午不来看书了，或是出去玩，或者去做兼职，或者就是在宿舍洗衣聊天。

方君把书塞进书包，看到她收拾好书包往外走，我也赶紧拎着书包往外走。随后，她在图书馆门口与两个女生会合，三个人有说有笑地向食堂走去。

　　我看着她们远去的背影，正在考虑自己要不要跟上时，曾皮从图书馆里面走了出来，他拍了一下我肩膀，明知故问道："看啥呢？"

　　"呵呵。"我不自觉地傻笑，对他说，"我们也去吃饭吧。"

　　"走吧！"曾皮说完，也不搭理我，就往前走。

　　食堂里的人太多，方君她们坐的位置附近都没有空余的。我和曾皮端着饭菜在一个角落里才找到位置。

　　"不用急，多制造一些偶遇。"曾皮见我边吃饭边远远地瞧方君，便对我说。我白了他一眼，说道："好像你很有经验似的，是恋爱大师？"

　　"这你就不懂了吧？我虽然没有正儿八经地谈过恋爱，但是我看过很多爱情方面的书啊，没吃过猪肉，难道还没见过猪跑吗？"曾皮对我的话不以为然。

　　这时，我发现有好几个女生不停地往我们这边看，还有两个边看边窃窃私语。这种情况，我见多了，她们都是看曾皮的，校园里的风云人物，有才有貌。虽然他已经对外公开表示大学期间不谈恋爱，但是这样的情况往往让更多的女生觉得自己有机会。

　　"书上得来终觉浅，绝知此事要躬行。"我引用了陆游《冬夜读书示子聿》中的一句，接着说道，"那么多女生都对你有意思，要不你谈一个，用实际经验来传授我，别整书里那些没用的。"

"实践是检验真理的唯一标准，你说得很对。"曾皮瞪大眼睛看着我，"但是，你忽悠不到我。没有谁比得过我心目中的她。"

"她到底叫什么名字？"我很好奇曾皮心中的那个女生的名字。

曾皮用手指了指自己的心，什么话都没说，埋头吃饭。

这家伙总是在这个时候不搭理我。见他不说话，我也只好低头吃饭。但是当我抬头再看方君时，她们三人已经离开，不在食堂里了。

而我的心，也在一刹那间被方君带走了。

# 第五章　意外的收获

曾皮肯定是知道方君宿舍电话的，我死皮赖脸地找他要，他居然说没有，我可不相信。

他几次都说，缘分来了自然就会来的，追女生除了有方法之外，缘分最重要。

缘分，没错，我相信缘分。如果没有缘分的话，我那天怎么就能遇到方君来问路呢？

我到教学楼的天桥看雨的时候，居然能看到方君坐在对面的教室里，这不也是缘分吗？

看来曾皮也只能帮我到这里了，我需要自己主动出击才行。男人遇到自己喜欢的女人，就得勇敢。

我记得曾在书本里面读到过"所有的不期而遇都是蓄谋已久"这句话，我决定与方君制造多次偶遇，让她觉得这就是缘分。


大一学日语，授课老师上课时喜欢提问。他用日语叫学生名字时，我、将代常、向得钢，我们三个人常常是互相望着，不知道老师叫的是我们中的哪一个。老师叫一次名字，将代常站起来，老师再叫一次名字，我和向得钢一同站起来，老师再叫一次名字时，我坐下将代常又站了起来。几个系学日语的八十多人集中在一间大教室里上课，等我们三个人起起坐坐，最后终于确定老师是叫我名字时，教室里已哄笑成一片。我脑子里也是一片空白，背上的汗水顺着脊梁往下流淌。

假期收到成绩单，我和阿东的日语成绩不及格。开学后，我和阿东买了东西到教日语的老师家里去。老师见了我们也很高兴，从冰箱里拿出饮料给我们喝，削苹果给我们吃，但是对我们的礼物坚决不收。老师说，他知道现在有很多人很多地方不干净，但是他这里是很干净的。送礼不成，阿东失去了继续学习日语的信心。曾皮的日语两年前就不及格了，我和他一起又跟着大一的新生重新学习日语。

这次的日语授课老师六十多岁了，花白的头发、国字脸，上课时戴副眼镜，课堂气氛很好，下面同学议论说话，他从不训斥，有时课堂实在闹得不行了，他就叫说话的同学起来回答问题。有的同学睡觉，他就拿书走到睡觉的同学跟前读，同学睡得太沉了，他读了一会儿同学还是不醒，他就拿书拍同学的头，其他同学都哄堂大笑，他也笑。老师教得愉快，同学们学得也轻松。有时我不会做题，他从不批评我，只是用一双慈祥的眼睛望着我，再耐心地给我讲解。

将代常、向得钢、阿东、曾皮、我，五个人成了学习日语的难兄难弟。

这天晚上，也就是我到图书馆见方君那天，我和将代常、向得钢在学校的樟树林里边散步边吹牛。这条道是大家晚餐之后常走的路，因为从宿舍楼到教学楼，走樟树林是条捷径。平时早上还有一些同学拿着书在这里朗读，尤其是外语系的，戴着耳机跟着随身听大声读着英语。傍晚时一些情侣手牵手在这里散步，甚至还有在僻静的树林角落里搂搂抱抱、卿卿我我的。

忽然一只流浪狗从树林里蹿了出来，大晚上的，昏暗的路灯下，冷不丁蹿出一个黑乎乎的东西，着实把我们三人吓了一跳。

向得钢被惊吓得大声嚷嚷，一连串脏话从嘴里骂了出来。

"这肯定是某个爱狗的学生偷偷在宿舍里养了狗，被宿管阿姨发现之后，扔了出来的。"将代常说。

"那不一定。"向得钢立即反对，"有些人喜欢狗，买来养几天，觉得太麻烦了，就扔出来。"

"喜欢就好好养着，不喜欢就找个人家送出去，这样扔在外面也太没爱心了。"将代常说。

这时我想起阿东的女朋友也偷偷养了一只小狗，上次去外面爬山时，她还带出来给我们看过。我就说："阿东的女朋友养了一只小狗，照顾得挺好，都买火腿肠喂。"

"早就送人了。"向得钢还没等我说完就插嘴道。

"她不是挺喜欢的吗？怎么舍得送人呢？"我疑惑地问道，"她还说到了冬天要亲手给小狗织件毛衣穿。"

"都是三天新鲜。她是送给一个同学的，那个同学养了一个星期就不想养了，说退给她，她不要，上周还在打听有谁愿意收养。这些人不喜欢狗还好些，买回来又不一心一意养，养一两个月就不管了。"将代常说，"送人还好些，这样扔在野外，岂不让小狗遭罪？"

"啊！"

我们三人正在聊着，突然不远处传来一声尖叫声。

路灯虽然昏暗，但是我还是能模模糊糊地分辨出那个身影——方君。因为，齐肩的秀发，一件米黄色外套，正是上午看到她时的样子。

我脑子里啥都没有想，甩开向得钢和将代常冲了过去。

后来，我无数次在想，当时我是怎么有那么大勇气跑过去的，难道当时潜意识给了什么指令？若没有这次勇敢跑过去，后面的故事会怎么样？

"什么事情？是有什么危险吗？"我跑过去，连忙问道。

"有只流浪狗要咬我。"方君紧张地说着。

我一听，明白了，肯定是刚才那只狗。

"咬着了吗？"我问道。

"没有。"看方君的样子，着实吓得不轻。

"那就好。不用怕，这种小流浪狗一般都不会咬人的。"我松了一口气，安慰道。

"我从小就害怕狗。"方君低着头说。

"你要去哪里？怎么一个人从这里走？"我问。

这时我发现，向得钢和将代常这两个家伙心领神会地在远处站着不过来。不愧是好哥们儿，这是故意给我和方君制造单独说话的机会。

"去超市买点东西。"方君说。

"我陪你去吧。"我不假思索地说道。

"嗯。"方君点了点头，然后问道，"你是曾皮的同学，叫什么名字？"

原来她认出我了。中午吃饭时，我是与曾皮坐在一块，她也看到了。

"张得强，与曾皮是同学兼舍友。"我说。

"我叫方君，美术系一年级三班的。"方君说。

"嗯。"我点了点头，本来想说，这些曾皮都已经告诉我了，但是话到嘴边又咽了下去。

我回头招了招手，对向得钢和将代常说："我有事先走了。"

"去吧。"将代常爽快地说，而向得钢却发出了鹅一般的笑声。

"你同学？"方君看了看他们，问道。

"嗯。"我笑着说，怕她改变主意让我留下来陪同学，便说，"没关系的，我们关系特别铁。"

她没有说话，就往前走。我赶紧跟上去。

那是我第一次与她在樟树林相遇，在随后的两年时光里，我与她的故事，就在这片樟树林里、在校园里上演。泪水和笑声、伤心和激情，成为我大学时光里最难忘的记忆，还有那痴情和背叛，成了我永远抹不去的伤痛。

在大学校园，我还是第一次这样与一个女生并肩走在路上，内心不由得激动起来，不知道应该打开哪个话题才能吸引她。

很明显，我有些紧张，这突如其来的见面和同行，让我这个自认为口才一流的人，居然只知道伸手挠头发。

"你是哪里人？"方君主动开口问我。

"四川下面的一个小县城。"我说道，"穷乡僻壤，没有名气。"

我说的是实话，我那地方既没有名胜风景，也没有知名产业，我也就没有说县城名字。之前跟很多同学说过，大家满面迷惑，估计在脑海里快速搜索地名，然后冒出三个字：没听过。

"我那里也是小地方。放假时，你可以和曾皮去我们那里玩，好吃的挺多。"显然，方君并没有在意我老家具体是哪里的，但是她突然邀请我放假去他们那边玩，让我一下子感到有点意外。难道，她对我有意思？这幸福来得太突然了。

"好好好，曾皮之前也邀请我去，我都没答应。"我觉得自己有点手足无措，说话都有些语无伦次，可能是第一次谈恋爱的原因吧。

方君对我上下打量了一番，从包里掏出一个小本子和一支笔，然后写上一串号码，把纸撕下来，递给我，说道："这是我宿舍的电话号码。"

我赶紧接过来，说："好的，我也写个宿舍号码给你。"

方君笑了笑，说："不用，曾皮早就告诉我了。"

我尴尬地笑了笑。恋爱的男人也是容易糊涂，她与曾皮那么熟，肯定早就相互知道号码了。但是，她为什么又主动写下来告诉我呢？让我直接去问曾皮要她宿舍电话号码也可以的啊。

方君可能看出了我的窘态，就转移话题，指着路边一个老妇人，小声地说："你以后买东西要注意，不要去她那里买，缺斤少两。"

那个老妇人，我太熟悉了，就说："她啊，我太了解了！"

于是，我就跟她讲起这个老妇人一些可笑又可恶的事情。

白天，从政法学院到宿舍区的路边摆了很多卖水果、瓜子、花生的小摊，晚上卖酸辣粉、面条、汤圆等各种小吃。这些摊点只要准备一个蜂窝煤炉子、一张案板、一根蜡烛就开张了，从晚自习开始到宿舍关门，生意红红火火，一条路被他们占了一大半。

这个在政法学院看教学楼的老妇人，看上去六十多岁，天天在路边卖东西。一天，她雇一辆摩托车送她到教学楼门前，由于背上背着一筐青橘，下不了车，我和一位同学正好到达门前，她请我们帮她下车，下了车又请我们帮她把一筐青橘抬到四楼她住的屋子里。上楼的时候，我们和她开玩笑说，送她到家后要请我们每个人都吃一个橘子，老妇人竟说，不给不给，橘子太贵了，卖钱的。我和同学听了心里感觉很不是滋味。筐在她的背上，上楼的时候我们从筐下面帮她抬，橘子就在我们眼前，我拉开衣服往里面装了一个，旁边的同学立即盯了我一眼，我只好又把橘子拿出来放回框里。假如她要请我们吃的话，一人一个或者客气一下就作罢了，但是她却一个也不给我们，从门口到四楼她的屋子，老妇人只说了一声，"谢谢你们"。

还有一天下午，路上围了很多人，我上去一看，一个女的在骂老妇人，原来那女人来看她的女儿，在老太婆的摊上买了两斤橘子后，拿出自己随身携带的微型弹簧秤一称，两斤橘子只有一斤六两。女人气不打一处来，提着橘子向周围的学生说："你们看，这老妇人心多黑，两斤橘子只有一斤六两，我晓得你们学生娃儿没好多钱，我的娃儿也是你们的同学，外面这种橘子才三毛钱一斤，她不但在价格上骗你们，还在秤上骗你们。你们说这个老妇人可恶不可恶？"边上的同学都说："可恶！"老妇人面露羞色，小声地对那女人说："差多少我补给你就是了。"女人说："你说得倒简单，你骗了学生娃们的怎么补嘛？"边上一个女生说："就是，我们经常在她这儿买东西，不晓得被骗了多少回了。"

"我也买过！""我也买过！"边上站的很多女生都说买过老妇人的东西。"让她赔！对，让她赔！"一个声音出来，许多声音附和。

那女人双手叉腰，大声地说："同学们都看好了，以后这个人卖任何东西，都不要来买！看她以后还骗不骗你们，我跟你们说，学生娃最不好惹了！"

从那以后，老妇人虽然也还常在路边摆摊，但是来买的人越来越少了。

方君听我说完，哈哈大笑，说道："活该，报应。"

我也笑着说："大家挣钱都不容易，诚信经营，我们大家看在她年纪大的份儿上，肯定都会去照顾她的生意的。谁知，她却利用了我们对她的同情和爱心。我之前还经常在她那里买东西。"

方君问："她被大家用橘子皮砸，是什么时候的事情？"

我说："去年秋天，橘子刚上市的时候。她不同季节卖不同的水果，到了冬天还卖花生和瓜子。"

方君惊讶地说："去年她就被大家用橘子皮砸了，还没改邪归正啊。上周，我宿舍就有人在她那里买橘子，发现缺斤少两，回来找她，她还不认，说我们冤枉她。"

"本性难移。"我听了之后，不知道说什么好，总觉得这老妇人既可恨又可怜。

就这样两人聊着聊着，就到了超市门口。

"方君。"

我正准备与方君走进超市，远处两个女生走来，与方君打招呼，都是那种长得很迷人的美女。

这两个女生，今天中午在食堂吃饭时见过，当时方君与她俩坐在一起。

方君忙走上前急忙拉住她们俩，给我介绍："这是我舍友，赵海萍、张雅丽。"

赵海萍个子比张雅丽略高，都留着披肩长发。

我忙向这两个女生进行自我介绍："我叫张得强。大二，中文系一班。"

"你跟曾皮一个班？"赵海萍有点儿意外地反问。曾皮大家都知晓，这让我并不意外。

"是的，我与他还住同一个宿舍。"我说。

赵海萍与张雅丽对视了一眼，又看了一下方君，然后好像恍然大悟的样子发出同一个声音："哦……"

"张得强，谢谢你！有她俩在，你去忙吧。"方君估计也看出了端倪，忙转移话题，让我先离开。

有同学陪她，我本来就有想离开的打算。与三个美女一起逛超市，我可从来都没有遇到过。要是自己表现不好，万一赵海萍与张雅丽背后在方君面前说我几句坏话，那就惨了。

"好的，你们逛吧，我正好还有点事。"于是就与方君三人告别。

## 第六章　失落的心情

在樟树林意外遇到方君，让我激动得一晚上都没睡好。

记得那天我回到宿舍，喜形于色。曾皮看到之后，一拳头打在我的肩上，问道："什么事情这么高兴啊？"

我故作镇静地说："我高兴吗？平时不都这样吗？"

"吹牛了吧。"没想到将代常和向得钢跟在我后面也来到了宿舍，我的话刚落音，向得钢就在后面嚷嚷了。

"刚才樟树林里遇到的那个美女是谁？"将代常当着众人的面故意大声问我，"重色轻友啊。看到美女就跑过去，把我和向得钢丢下不管了。"

"你喊我们去散步，原来是去约会，让我们两个做电灯泡。"向得钢也嘿嘿坏笑。

"不请我们去喝几瓶啤酒，今晚可别睡觉啊。"曾皮听将代常和向得钢这么说，可抓到一个让我请客的好机会了。

"张得强，可以啊，平时没看出来啊！"

"今晚必须请客喝酒。"

"快说，那个美女是谁？"

……

宿舍里的其他人也都跟着七嘴八舌地来凑热闹。

终究是拗不过他们，其实也是自己遇到方君心里很高兴，那个晚上，他们真是毫不留情地花了我两百多块钱。当我从兜里掏钱买单时，真是心如刀割啊。

第二天晚上，曾皮趴在床上写诗，我躺在床上想象着与方君见面时说过的每一句话。

当其他同学与自己的女朋友煲完电话粥，我按捺不住内心的冲动，也拿起了电话，拨出了那串记在脑海里的号码。

"喂，找谁？"电话那边传来一个很甜的声音。

"喂，请让方君接电话。"我有些紧张地问。

"你是谁啊？"那人问。

"我是张得强。"我说。

"方君不在宿舍。"那人说。

"这么晚了，都快熄灯了，她还没回宿舍？"我认为对方在故意骗我。

"张得强，我是赵海萍，真不骗你，方君不在宿舍。"那人说。

原来赵海萍的声音这么甜啊！昨天在超市门口见面时，只是双方简单打了一下招呼，还真没有留意她的声音。

"哦，你好。那我挂了。"我有些失落。

"你找她有事吗？"赵海萍问我。

"没事，就是聊聊天。"我说。

"那我挂了，拜拜。"赵海萍说完就把电话挂断了。

我失望地回到床上。

曾皮趴在床上，头也不抬地说："明天继续打，她可能有事没在学校。"

"她不在学校，会在哪里？"我觉得很奇怪，这么晚了，她会去哪里呢？

"要不你等熄灯后再打过去问问？"曾皮说。

"算了，不能打扰别人休息。"我说完，就脱鞋躺在床上。


没想到，让方君接个电话，居然这么不容易。

中午或者晚上，打过去的电话居然都是：

"她不在。"

"她出去了。"

"不知道去哪里。"

"真没在，不骗你。"

"要不你明天来我们教室找她吧。"

"刚走，要不你等会儿来电话吧。"

……

方君会去哪里呢？她为什么中午和晚上都不在宿舍呢？难道是故意躲着我？

难道上次樟树林见面聊得那么开心，只是她感谢我在她临危之际对她的保护？

挂完电话，曾皮看到我失望地回到床铺上，他只说了句："再坚持坚持。"

我要不要真的去方君的教室找她？要不要去宿舍楼下喊她的名字？要不要去图书馆假装与她偶遇？

算了，我没有这么厚的脸皮。她肯定是没有看上我。

我越想放弃，却越觉得自己放不下，脑海里全都是那天见面的场景，全都是她迷人的微笑。我感觉每天上课都没有了精神，吃饭也没有了胃口。有一天，曾皮说北门一条街的周老板喊我们去吃饭，我都推脱没去。食之无味，哪里有心思去呢。

就这样一个星期过去了，我彻底放弃了，我与方君那天在樟树林的偶遇，变成了将代常和向得钢口中的笑话。尤其是向得钢这家伙，有时还故意拍着我的肩膀说："感谢你那天晚上请我们吃大餐。"

我听着这话，顿感满满的讽刺。这又能怪谁呢？怪自己自作多情。

在一次周五下午的古诗词鉴赏课上，授课老师很幽默，把诗人的爱情观和事业观用讲段子的方式侃侃而谈，同学们听得哈哈大笑。他每次上课，教室都是座无虚席，外系的人都有跑来蹭课。

曾皮和将代常坐在前排，我和向得钢坐在后排，他们三个笑得东倒西歪，而我一个人拿着笔在本子上，写了满满一页"方君"。

下课铃响了，大家还意犹未尽，我正收拾书包准备走，忽然有人拍了一下我的肩膀。

回头一看。

方君。

只见她正站在我后面，手里抱着一本书。

"你怎么在这里？"我感到太意外了。

"我怎么就不可以来呢？"方君笑着说，"我从后面这门进来，听了一节课，就见你趴在桌子上写字。"

我狡辩地说："我在记笔记。"

"我都看见了。"方君笑着说。

这样的对话，有种相识很久的感觉。我的脸顿时通红，自己的心迹已经被她都看出来了。

曾皮看了看我和方君，没有向方君打招呼，方君也没有向他打招呼，两人就像素不相识一样。

"我们先走了。"曾皮这句话是说给我听的。

随后，他就与将代常、向得钢往外走去。而我就像个傻子一样站在那里，不知道是跟着去，还是应该说些什么话。

"怎么啦？"方君问我。

我不知道说什么好，因为我不明白她忽然来找我是什么意思。我与她仅仅是在樟树林下面走了一段路而已。

"没什么，有什么事吗？"我问。

"没事就不能来吗？"方君的表情，让我捉摸不透。

我不知道该如何接下面的话。

"你给我宿舍打电话了？打了很多次？"方君说。

"嗯。"显然，我站在自己喜欢的女人面前容易犯傻，嘴巴一下子变笨了。

"忘记告诉你了，我最近一直住在外面。"方君说。她这样主动解释，肯定是告诉我，不是她故意不接电话的。

"哦。"有宿舍住为什么要住外面？亲戚家？我不知道应该如何去问。

"我家的亲戚生病了，我在医院里照顾她，她年纪大了，子女不在身边。我白天来学校上课，晚上就去医院陪床。"方君继续说着。难道她也很在乎我，否则为什么会主动说呢？毕竟，我与她还不是男女朋友，我们两人仅仅是在樟树林相遇，走了一小段路而已。

本来已经死了心，被她这样几句话就激活了，可能她也喜欢我。

"你家什么亲戚？"我问道。

"姨姥姥，我妈妈的姨妈。"方君说。

"哦。"我点了点头，把埋在心里很久的疑惑问了出来，"开学时，送你来学校的，也是你家的亲戚？"

"你怎么知道？"方君惊讶地睁大眼睛，"就是我姨姥姥家的儿子送我来的。现在单位派他到下面一个县里工作了。"

"开学那天，你下车问路，那人就是我。"我说。

"啊！"方君又惊又喜，"是你啊！难怪见到你觉得有点眼熟。"

"我一直记得。"我鼓起勇气说了出来。给她宿舍打了那么多次电话，傻瓜都知道我喜欢她。

这时，方君的脸红了，她也有些害羞，低着头。

"我请你吃饭吧。"既然她对我有意，那我就主动出击。

"好啊。"我刚说话，方君就满口答应。

当我们走进食堂时，正巧遇到了曾皮他们端着饭菜在找位置。他们见到我们亲密的样子，表情非常复杂。其实，我的内心也很复杂，总觉得不真实，这爱情来得太快了，两人之间的感情属于超速发展。

可能，这就是缘分吧。

可能，这就像小说里讲得一样，前世的五百次回眸换来今生的擦肩而过，而我与她的前世可能就是一对有情人，所以，这辈子初见就认出了彼此。后来，每到深夜，我常常这样想。

# 第七章　真情牵手

我与方君之间的关系发展，超出了我自己的想象，也超出了曾皮的想象，宿舍里的那帮狐朋狗友说我是桃花运降临，坐在教室都有美女主动来找。

那天吃完晚餐，我与方君在樟树林散步，她跟我说了她的过往，这些不知道曾皮是否知道，反正他没有向我提起。

方君与曾皮是同一个县的，一个北方的小县，只是曾皮的家在县城里，她的家在一个小镇上。她的父亲在她十二岁时就去世了，她有一个姐姐、一个哥哥、一个妹妹。

方君说她的父亲从她小时起就是一个不务正业的人，去世前是生产队队长。在那时，生产队队长在村子里也是一个很威风的人物。方君说她的父亲每天都在村子里呼来喝去，经常醉醺醺地在村子里东摇西晃。她的母亲那时是村里小学里的一位民办教师，早上要很早到学校去上课，下午还要到地里去劳动。她的父亲不会因为自己是队长，就给她的母亲分配一份轻松的活儿。她的父亲经常带人到家里来吃喝，她的母亲晚上还要给学生批改作业，但她父亲的一天三顿饭她母亲不能迟做，她父亲稍有不满还要对她母亲拳脚相向。

有一天早上，方君到学校后发现有本书忘在家了，她就返回家去拿。她推开门时看见她的父亲和村里的一个女人全身光光地躺在床上。方君说，她当时被自己看到的场景吓得愣住了。她的父亲从床上扔了一个枕头打在她的身上让她出去，她才怔怔地在屋里转了一个圈后出来了。这事传到了她的母亲的耳朵里，此后她的母亲经常哭天抢地。一次，一帮人抬着一个刚从河里捞上来的人往医院送，她也跟在后面看，但是到了医院后她才看清楚那个身上还在滴水的人就是她的母亲，幸运的是她的母亲被救回了一条命。

后来她的父亲生病死了，在他快不行的时候还要求她的母亲不能嫁人。而她的母亲带着他们姊妹兄弟四人一直过了十几年才遇到了继父。

方君说，她父亲去世以后，她的母亲带着他们姊妹兄弟四人，早上上课，下午劳动，晚上备课，批改学生的作业。方君的父亲不在了，学校几次要辞退她的母亲，但是辞退了她的母亲后，整个村子又找不到一个可以顶替她的人去学校上课。一天下午劳动后，村里安排一个体格强壮的女人和方君的母亲比赛拉土。这个安排很明显是要方君的母亲出洋相。方君的母亲说比赛拉土可以，但是比赛完拉土她要求还要和那个女人比赛上课。身体强壮的女人一听就傻了，比赛拉土她力大无比，但是比赛上课她斗大的字不识一个，怎么比？那女人就以言相讥："哎哟！哪个不晓得你母亲供你上了几天学？"方君的母亲当场说："是呀，我母亲供我上了几天学没错，但是我们都知道你母亲从小就天天给你往肚子里灌油。"

　　方君还说，那时候家里经常来一些不三不四的人，一来就赖皮在家里不走，有时半夜还有人来敲门，用石头从墙外打破家里的玻璃。村里的小孩子也经常无缘无故地把他们姊妹兄弟拦在路上打，一家人真是白天怕、晚上也怕。

　　我问方君，那时候就没有一个人出来保护你们，你的父亲没有兄弟们吗？方君说，我父亲有一个哥哥，那里把父亲的哥哥叫大爷。大爷到现在还是一个人，他没有娶老婆，他年轻的时候听我妈讲也是一表人才，那时候我父亲是生产队长，他是民兵连长。那时候能当上民兵连长是很风光的，他看不上农村的女人，嫌弃她们一天到晚在田里劳作，一心只想娶一个城里的穿得干干净净、脸白白的女人。谁成想包产到户后，集体农业解体了，生产队不再需要他那种一天到晚背一杆木头枪到处抓不干活儿的人时，他的梦想也化成了泡影。两兄弟以前只知道一天到晚跑来跑去，没有挣下什么家业，一直住着祖上留下的旧房子。我父亲死后，我大爷从来没有照顾过我们，还常常怕我们一家人连累了他，一见到我们，他就远远地躲开了。我的大爷可能到现在还想着他的白白净净的城里的女人。现在好了，他的年纪大了，感到孤独了，有时到镇上来赶场时也顺便到我们家来坐坐，他现在才知道我们和他有点儿关系。

　　后来国家实行民办教师考试转公办老师，方君的母亲第一批就考上了当地师范学校的老师进修班，他们姊妹兄弟四人也随着母亲转成了城镇户口，姐姐招工进了供销社，哥哥初中毕业后考上了一个中专学校，母亲毕业后分配到了镇里的中心小学，他们一家从此离开了让他们备受欺凌的村庄，过上了让村里人羡慕的城里人的生活。

我没想到方君原来是生活在一个这样的家庭里面，曾皮没有向我提及一句。

看着方君那娇弱的身体，我不由得生出来一股男人的气概，我要保护她，这一辈子都不让她受到一丁点儿委屈。

我把手伸过去，拉着她的手，她没有拒绝。

"一切都会过去，未来是美好的。"我看着她认真地说，"有我。"

她点了点头，娇羞中带着喜悦。

方君又说她初中时报考中专，计划读师专，毕业出来就可以当小学老师，但是考前生病发挥失常，没有考上。她妈妈就通过关系，让她到一所师范学院进修了半年，把她介绍到乡下一所小学当代课老师。她所在的学校很偏僻，她去了两年，本想着这一生就那样过下去了，但她的母亲不甘心她在一个偏僻的小学里过一辈子，又要求她学习，重新考出去，离开那个偏僻的地方。方君就插班到曾皮的高中母校复习。她在中学时喜欢画画，就凭自己在书本里看到的一些知识和自己琢磨的技巧，考上了山城大学美术系的两年制脱产班。

我不由得被方君这种上进心振奋，正想夸她一句，她说话了。

"以后，只要有时间，你可以陪我在这樟树林散步吗？"

方君问。

"嗯。"我点了点头。

就这样我们两人在樟树林来来回回地走了三四圈，说了很多话。旁人一定认为，这两人是相识很久的恋人。是的，我们就像失散多年又突然相遇的情人，有说不完的话。

时间差不多了，方君还要去医院照顾姨姥姥。于是我送她到校门口，刚到公交站，车子来了。

"上去吧，别太累了。"我说。

她站在我身边，拉着我的手，没有动。

我看着她，她看着我。

"时间还来得及，你再陪我走走吧，我到下一站上车。"方君说。

其实我也舍不得她马上离开。下一站离校门口这站有一千米距离。

就这样，我俩手牵手，慢慢地走向下一站，像一对要分别很长时间的情侣，难舍难分。

总是希望时间过得慢一点，它却还是往前流淌。

总是希望脚步慢一点，但是下一站还是出现在眼前。

方君坐上了公交车，在车启动时，她向我招手再见，我也连忙向她招手。

虽然，这个冬日，天气有些寒冷，但是我觉得浑身都是温暖的。

我并不想这么早回到宿舍。我沿着公交车走的方向走去，前面不远处就是商业街。

我在街上晃悠着，这条街是市区主要的一条商业街，从早到晚，人如潮水。我在人流中缓缓地迈着步子，打量着山城的街市和街市上的人们。最吸引我的当然是人群中的女人，有时对面走过来一个美丽的姑娘，我的目光就被这个姑娘吸引着，直到和迎面而来的另一个人相撞才回过神来。有时我前面是一个长发披肩、露着莲藕一样嫩白胳膊的女孩，我追上前去，擦着她的肩膀超过她，在她前面转过头看她，却发现原来是一个三十多岁的女人。我的脑海里总是想象着方君比她们都漂亮。

山城多美女，有人在解放碑一条街头站了半天后说，在街上他平均一分钟就能看到一名美女，他自己叹息没有生在山城。当然以前就有"少不入川，老不入粤"的古训。年轻时到四川，容易被安逸的生活消磨意志，年老怕冷，而广东温暖的气候更让人流连忘返。

有时跟着一个打着花伞穿着长裙、长发披肩的姑娘，姑娘在买东西的时候我已看到她明月一样的脸庞，我跟着她转过了半个街市，其实姑娘早已发现了我。她在街的转角回眸一望，走进街边的一条石板小巷，其实我是无意的，只是觉得她的背影有点儿像方君。

小巷曲曲折折，蜿蜒而下，潮湿的石板路有些打滑，花伞在我的眼前飘动着，小巷的两边古老的房子，是用几根木头柱子支着，四周用竹子编的笆子，抹了一层石灰当墙壁的高低错落的青瓦屋。花伞仍在我前方的台阶下飘动着，青瓦屋上空有一层烟气，在沙沙的细雨中低低地飘散，有几家的门前长着高高的芭蕉树。哗啦哗啦的麻将声不绝于耳，山城的一天就这样过着，而我的心里感叹着今天的好运。我往前走着，走到小巷的尽头，静静流淌的幽幽的江水呈现在我的眼前。

## 第八章　方君的秘密

我想见方君。

昨天送她上了公交车，今天一整天都在想她，想她今天有没有回来上课，想她能不能与我一起吃晚餐，想陪她去樟树林下手牵着手散步。

到了下午刚放学，我就在教室楼外面的公用电话亭往她宿舍打电话，接连拨了三遍，都没人接听。难道她们去食堂吃饭没有回宿舍？

我看看手表，这个时候确实是到饭点了。只是晚餐大家不同于午餐那样急急忙忙地往食堂跑，晚餐可以晚点吃，晚上可以去晚自习，也可以出去玩，有些人为了避免到食堂人多没有座位，往往会晚一些去吃。而我经常是晚半个小时或者一个小时才去食堂，那个时候人少，还可以跟打菜的阿姨说一句好话，她那握着勺子的手就不会抖动，只要夸得她高兴，满满一勺子肉就会盖在我盘子里。

既然时间还早，我干脆就往方君宿舍楼那边走走。

"张得强。"我还没到那边宿舍，刚经过一个食堂时，不远处传来一个声音，很熟悉，但是想不起是谁。

我往马路对面看去，这个女生在我好像在哪里见过，但是脑海里就想不起是谁。

对面女生估计也看出来了，补充一句："我，赵海萍，方君舍友。"

"哦。赵海萍你好，不好意思，我看到一个大美女喊我，太兴奋了，大脑一时短路。"我只有贫嘴了。只要不是在自己喜欢的人面前，我这三寸不烂之舌还是能说会道的。

"你来找方君？"赵海萍并没有因为我的贫嘴而心花怒放，她这种美女天天都能听到一群男生跟在屁股后面喊"美女"，已经习以为常了。

"她今天来上课了吗？"我问，边说边横过马路，走到她那边。

"她上午来了，中午吃完饭就出去了。"赵海萍说，"你找她有事吗？"

"没事。我就想问她在学校没有，想请她吃饭。"我说。

"正好我还没有吃饭，干脆请我算了吧。"赵海萍直截了当地说。

"可以啊！与你这样的大美女一起吃饭，我求之不得啊。"我说。

"请我吃饭，你会有大收获的。我会告诉你秘密。"赵海萍故作神秘地说。

"有这样的好事啊。"我心想肯定是与方君有关，能从她舍友这里多了解她一些情况，真是太好不过了。我接着问道，"你怎么一个人来吃饭？"

"刚才我去系里找老师有点事，宿舍几个姐妹先吃了。"赵海萍说。

原来如此。

"那走吧，想吃什么？"我做出大方的邀请手势。

赵海萍看了一眼食堂，摇了摇头说："不去食堂，去北门饭店如何？"

"没问题。走。你说去哪儿，我奉陪到底。"我摆出一副爷们儿的样子。

赵海萍笑着说："买单时别偷跑了哦。"

我把头一昂，说道："你就小看我张得强了，虽然咱不是大款，但是北门小饭店还是能请得起的。"

"小饭店，我可不去啊。我这秘密可值钱了，得进大饭店吃大餐，狠狠宰你一顿。"赵海萍边说边跟我往北门走去。


赵海萍并没有真的让我请她去大饭店吃大餐，而是走进了一家家常菜馆，只要了一份凉皮，一是要减肥，二是把宰我的机会留到下一次。

虽然是冬天，大家都穿着棉衣，但是我一眼就能看出来，她的身材苗条匀称。

我虽然也喜欢吃凉皮，但是一份凉皮对我来说只能够塞牙缝，于是我就要了一大碗牛肉面，与她坐在一起吃。

整个吃饭过程，她只问了我一些情况，家住哪里，家里几个兄弟姐妹，平时喜欢看什么书，高中时有没有谈恋爱，方君是我第几个女朋友。她是想到什么就问什么，像警察查户口一样，而我一五一十地都跟她说了。

我突然发现一个现象，跟她在一起聊天，特别放松。我与方君在一起聊天的时候，满心欢喜，却又总担心自己表现不好，说错什么话。

直到走出饭店，赵海萍才神秘地跟我说："追方君的人很多，还有大老板。"

"真的假的？"我被赵海萍这句话打了一闷棍。

"时间会证明我没有骗你。"赵海萍看着我认真地说。

我傻愣着。

"我去网吧，你去吗？"赵海萍用眼睛瞟了一眼马路对面的网吧，问我。

此时，我的心情非常低落，便说："不去了。我还要赶篇文章投给刊物。"

"拜拜。"赵海萍头也不回地穿过了马路。

望着她远去的背影，我在脑海里说了一百遍"她说的是假的，她说的是假的"，但是内心里面却又冒出一百零一遍"她说的是真的，她说的是真的"。

直到赵海萍走进了一间网吧，我才往宿舍走去。

我确实要赶一篇文章。曾皮最近成了一个日报的专栏作者，每周都要在上面发表一篇文章。他与日报的编辑混得很熟，也鼓励我写文章，他会向编辑推荐。他还说稿费不能独吞，要拿出来喝酒。此时，我哪里还有心情去写文章呢？

## 第九章　无法安睡的灵魂

那一夜，我没有打通方君的电话，她不在宿舍。

整夜无眠。

第二天，山城出现少有的晴天，第三节课后刮起了风。学校饭堂十一点就开始卖饭。我连着上了三节逻辑课，头都是晕的，而且昨天整夜都在想方君的事情没有睡好，准备早点吃了饭好好睡一觉，养足精神，上好下午的课。我吃完饭，不由自主地又往女生宿舍那边走去，虽然我知道遇到方君的可能性很小，但是我想多走走她走过的路。

谁知道，刚到一栋女生宿舍楼前面，就听到咚的一声，有什么东西从旁边一栋女生宿舍楼上面掉下来了，接着看到几个人跑了过去。我上前一看，几个男生已跳到女生宿舍和马路之间的坡坎下面，抬上来一个已经昏迷的女生。学生处就在女生宿舍马路下面的一头，几位老师马上组织人送女生去医院。下午传来消息，跳楼的女生没抢救过来，死了。

跳楼女生留下了几本厚厚的日记，在一篇日记里她对自己的爱情做了这样的描述：有一天，她已成为原野里的一个山丘，山丘上长满了细小的花朵，她的爱人蹲在她的坟前，读着她写给他的一封又一封情书……

荟文楼最高有九层，山城又开始了连绵细雨，教室亮着一排排灯光，而窗外的细雨却从九层楼下面的地上漫上来，淅淅沥沥地在我身边的窗户外下着。

爱情原来是这么的残酷。

……

让我说了吧

对这些我都厌倦了

一生中的长辈就已经很多

我又生出这些枝节

包括爱情这类东西


我不知道

为何庞大的人群中没有爱人

这么多的等待

使我成为末路的羔羊

甚至就要在这里安息


可是，我那被宠坏的爱

又该流落何处

还有美丽的皮毛之情

对这些，我都放心不下

我怎能就此安静

爱人啊！远方的爱人

我还要长夜地看

流星破坏天空，摧毁自己

爱人啊！看不见的爱人

请回来吧

回到我美丽的坟上

筑起你温暖的家园

——韩敏《这只羔羊》

## 第十章　我站在十字路口

一连三天没有见到方君，再见到她时，她正与一个男子在吵架。

那个男子想拉着她说话，她用力地甩开，一副非常不耐烦的样子。

那个男子比我略微矮瘦一点，从穿着上看，不像是我们学校的学生，像是社会上的人。

我走了过去，一把推开那人，挡在方君面前。

"你想干什么？这是大学，你要是乱来，我就报警了。"我用手指着那人呵斥。

"你谁啊？想英雄救美？老子告诉你，她是我女朋友，情侣之间吵架，你管得着吗？"那个人不屑地盯着我。

女朋友？我瞬间头脑发蒙。

"谁是你女朋友？我可从来没有答应过你。"方君生气地说。我还没来得及问她，她主动解释了。

"听见了没？别死皮赖脸。"方君的解释让我来了勇气，我对那人呵斥道。

"你是谁？"那个人盯着我问。

我一把拉着方君的手，举起来，大声说道："我是她男朋友！"

后来想想当时的情景，就像我在向所有人宣示主权一样。

"方君，我看错你了。"那人说完头也不回地走了。

我以为他会找我打一架，没想到他居然扭头就走。但是，我没有去想那么多，而是以胜利者的姿态，一直盯着那人走远，消失在人群中。

"张得强，刚才是他胡说的。"方君的手仍被我握在手里，她小声地说。

"他一看就不是个好东西，贼眉鼠眼，社会上的混混。"我说。

"他其实也是我们学校的学生，艺术系的。"方君说。

"学生？打扮得挺潮，哪像个学生样！"我恨不得说几句诅咒的话，但还是忍住了。

于是方君跟我讲起了他们两人认识的过程。

方君一次在从市区往学校回来的车上被小偷偷了钱，她下了车才感觉到了身后背的小背包被人打开过。她在车下面气急败坏地大骂小偷，这时一个年轻人抓过一个小伙子到她的面前，要小伙子把钱还给方君，那个小伙子不承认是自己偷的，抓他的那个年轻人冲他脸上就是一拳。那一拳打在小伙子的鼻子上，那个小伙子的脸一下子就开了花。小伙子抹了一下脸，用带血的手从口袋里拿出了偷来的方君的一沓钱。那个抓小偷的年轻人叫晓飞，就是刚才那个家伙。

这是一个英雄救美的故事，故事的结局应该是美人从此喜欢上了英雄，英雄也被美人的美貌所吸引，从此两情相悦，成了天造地设的一双。但是方君和晓飞没有，他们见过几次面，晓飞还请方君去北门吃过饭，作为回礼，方君也请过他吃饭。方君说，她只是把他作为普通朋友，感谢他当时帮助过自己。晓飞却想让她做他的女朋友。

有一次吃饭时，晓飞的舍友也在，一不小心就说漏了嘴，原来晓飞已经有了个女朋友，在贵州的一所院校里上学。两人保持着很好的关系，三天两头通电话，有时还说一些只有情侣之间才说的肉麻话。

方君说，本来她只是对晓飞这个人有好感，觉得他是一名很有正义感的男人，多个朋友多条路，没想到晓飞居然是这样的人，自己已经有了女朋友，却还来追求她，她觉得晓飞很可耻。同时，她对晓飞这个人感到非常失望，从此就没有再与他联系，他请她吃饭、看电影、逛街，都被她一一拒绝了。

刚才，就是晓飞想邀请方君去看电影，说有一部新电影上映，挺好看的。方君拒绝了，于是就发生了刚才的拉扯。

听了方君的解释，我这颗悬着的心才落了地。

"你怎么好几天不来学校上课？"我问道。

"姨姥姥病情严重，她的孩子工作又抽不开身，只有我去帮忙了。她以前对我们家挺照顾的。"方君说，"这次学费都是她家帮我掏的。"

知恩图报。我被她的所作所为感动了。

那么，赵海萍说的有很多男生追求她，又是怎么一回事呢？

我想问，但是不知道如何提起这个话题，担心引起她的不快。

"今天你还去医院吗？"我问。

"当然要去啊。我就是回宿舍换洗一下衣服。"方君说。

"快考试了，你也要抽空看看书，期末没及格就得补考。"我说。

"知道。我在医院没事的时候就看书。"方君边说边用手拍了拍书包。

刚走没几步，一个男生迎面走来。方君见了，扭头向另一个方向走去。

那男生满脸错愕，随后也跟着走过去，完全没有把我放在眼里。

"方君！方君！"

那男生连喊两声。

方君停下来，站在那里，不看我，也不看那个男生。

"有事就说。"方君的语气冰冷冷的。

"这几天你去哪里了？"那男生说。

"你是我什么人？知道这些有用吗？"方君冷冷地说。

"我想关心你。"那男生说。

"谢谢。我有男朋友了。"方君的语气仍然冷冷的，同时用手指了我一下。

我盯了那人一眼，然后走过去拉着方君的手，说道："走吧。"

那人惊呆在原地，说了一句："你不是说大学期间不谈恋爱吗？你不是说全部心思用来学习吗？"

方君头也不回地说："那是因为我还没有遇到对的人。"

当我回头再一次去看那个男生时，只见他像个孩子一样，蹲在地上哭泣。

爱情，原来是一把伤人的剑。

我爱上方君，不知道是对还是错——脑海里刹那间萌生出一个这样的念头。

我与方君走了一小段路，她就松开了我的手，一个人背着书包走在前面。我跟在后面，不知道要说些什么。虽然刚才她说我是她的男朋友，但是我怎么一点都高兴不起来？想起赵海萍说的话，我觉得方君身上一定发生过很多事情，只是我现在还不知道。

"他是谁？"我快步走上去，问她。

"癫皮狗。"方君甩出三个字。这是句比较侮辱人的话，可见她是很讨厌那个男生。这与她对晓飞的态度，有天壤之别。

对于晓飞，她虽然不想跟他相处，但是在刚才介绍晓飞这个人时，并没有说过一句厌恶的话，反而夸他为人很好，只是不想与他成为男女朋友而已。

我想，如果晓飞没有女朋友的话，她是不是就与晓飞成了情侣？

"你回去吧，我快到宿舍了。"方君停下来，对我说。

今天的方君，是我见到的另一个完全不同的方君。之前她是那么温柔，但是今天她的态度让我很意外。难道真的是因为有两个男生纠缠她所致？

我说了句："好吧。有事给我打电话。"

说完，我并没有走，而是站在路边看着她走进宿舍楼。

我感觉自己站在爱情的十字路口，往左的话，将来或许还会与方君发生些故事；向右的话，可能就永远失去了她。我的内心是想失去她吗？不，我的内心还是渴望能与她在一起的，可未来的一切，我还没有准备好该如何去面对。

## 第十一章　阿东的告诫

阿东是我们几个哥们儿里唯一有女朋友的，长得阳光帅气，脾气也特别好。记得刚入校时，就有不少女生向他投来爱慕的眼光。可以说，那些女生喜欢曾皮，是喜欢他的才华和酷酷的样子，而喜欢阿东一定是被他的高大英俊所吸引。

我们本来以为阿东从此会在学校里面开启四年众星捧月的潇洒生活，没想到，刚过了一学期，阿东居然与隔壁班的丽丽公开了恋情。当他俩手牵手走在校园里时，不知道有多少女生伤心失望。

可以说，阿东与丽丽是天生一对，两人从公布恋情到现在，好像从来没有吵过一次架，两人的脾气都特别好，总是处处为对方着想。这完全不像学校另外一些谈恋爱的，今天吵着分手，明天又拥抱在一起说着永不分别，后天为了对方的某句话伤心得哭天抢地，甚至醉酒耍疯，大后天却又说着肉麻的情话。

曾皮说，别人的爱情这样吵吵闹闹就是折腾，吃饱了饭没事干，阿东与丽丽的感情才是最让人羡慕的。

就在我从方君宿舍楼返回的途中，碰巧遇到了阿东。

"丽丽呢？"我向他打招呼。平时只要不上课，他俩基本都在一起，一起去食堂吃饭，一起到教室看书，一起在校园散步。

"她老师给她介绍了一份兼职，她去做家教了。"阿东说。

"教什么？"我问。

"肯定是英语啊。"阿东说。丽丽是英语专业的，大一时就过了英语六级。

"挺好的。"我说了一句。

"你怎么在这里？没去吃饭？"阿东问。

"现在吃饭有点早吧。"我看了看时间，还没到开饭的时间。

"一起去吧。我等会儿吃完要去接丽丽。"阿东说。

"你怎么不等她回来一起吃？"我问。

"她做家教，家长管一餐饭，说可以在吃饭时与学生进行口语练习。"阿东说。

"这家长真精明。"我说。

"走吧，一起吃吧。我看你闷闷不乐的，心情不太好。"阿东确实很善于观察。

"好吧，我正有些事情想向你请教。"我觉得可以把自己与方君的情况跟阿东聊聊，看看他是如何看待的。

"走吧！"阿东手一挥，就向食堂走去。

虽然还没到开餐时间，但是有些窗口已经在卖饭了，晚餐有早早地赶来吃完出去有事的，也有从外面很晚回来才吃饭的。所以，晚餐的食堂一点也不拥挤，空着很多座位。

我与阿东分别打了饭菜就在一个靠窗的位置坐下。

阿东听完我的情况之后，放下筷子，很认真地说："你俩发展速度太快，不合常理，有两种可能。"

"你说。"我也放下筷子，准备洗耳恭听。

"一种就是，你们两个真是前世姻缘，一见钟情，有个词叫着'一眼千年'，两人只要一个见面，就认定终生。"阿东说。

我连忙点头，说道："我觉得是这种，因为开学时，她向我问路，我就见她一眼，就印在心里了。一两个月过去了，我还记得她的模样。其他的人，比如这个食堂，我经常来吃饭，出出进进，遇到过很多女生，甚至有些人在这里擦肩而过无数次，但是我记不住任何一个人。"

阿东点了点头，然后又接着说："这也就是所谓的缘分。但是，还有一种可能。"

听到阿东说"但是"，我的心就咯噔一下。

阿东没等我开口，就说道："她与你谈恋爱只是一个幌子，或者就如你刚才讲的，她曾对一个男生说的，在大学期间不想谈恋爱，只想好好读书。"

"这样的话，不是多此一举吗？"我疑惑地说道，"她完全也可以跟我说，她不想谈恋爱啊，我给她宿舍打了那么多次电话都没接，她完全可以不用来教室找我。要是那次她不来找我，可能我就已经死心了。"

阿东摆了摆手说："你还没听我说完，我说的幌子，就是假装与你谈恋爱，然后让其他追求者自觉地退出，这样就没人来纠缠她，她不就可以清静了吗？"

我挠了挠头，说："你分析得也有道理。比如今天，她就利用我让两个男生知道她已经有男朋友了。"

"是的，她不可能每次遇到追求者，都对人家解释一遍，不谈恋爱，要好好学习。"阿东说，"有个男生在身边了，别人自然知趣而退。"

"这么说，我就是她的挡箭牌了。"我有点失望地说。

"我说的是两种情况嘛。可能你们是第一种，一见钟情，一眼千年。"阿东说。

我的脑海此时一片空白，只说了一句："但愿如此吧。或者，只是我自己一厢情愿。"

阿东见我失望的样子，问我："你真的很喜欢她吗？"

我点了点头。

"那就可以了。"阿东笑着说。

"什么意思？"我问道。

阿东反问道："假如是第二种，你与她在一起的机会是不是很多？"

我又点了点头。

"你现在大二，她现在大一，在明面上你是她的男朋友，可以经常与她约会，大学里共同生活的时光，你还打动不了她的心？"阿东说，"近水楼台先得月嘛。"

我听阿东这么一说，心情瞬间好了。

"但是，你要注意。"阿东话锋一转，让我的心又紧张起来了。

"但是……什么？"我说话都有点儿结巴了。

"一切随缘，别陷太深。"阿东盯着我，一字一句地说。

我看着阿东，没有说话，也没有点头。我觉得方君已经占据了我整个心房，我这辈子不能没有她。


从食堂出来，阿东去校外公交车站接女友丽丽。我一个人到樟树林里散步。

没想到，我在这里遇到了赵海萍，她正一个人戴着耳机，手里拿着随身听，跟着在读英语。

心情不好，我并不想与任何人说话，但是她看见我了。

"张得强，干嘛呢？"赵海萍跑到我跟前。

我强颜欢笑，说道："散散步，不打扰你学习。"

"没事，我就是听着玩的，正好我们可以一起散步。"赵海萍说。

我看了看周围，三三两两，没有熟悉的人，与她在一起散步应该不会引起误会。

我正想说话，赵海萍却抢先说："怎么啦？怕方君看到？"

"我是怕你男朋友看见，被误会了就不好解释。"见到她那样子，我的心情竟然好了起来，瞬间开启了开玩笑模式。

"放心吧。我没男朋友，没人吃醋。"赵海萍说。

"不会吧？我们山城大学的男生都瞎眼了吗？这么漂亮

的女生，居然没人来追？"我说。

"你嘴还真贫。"赵海萍嘴上这样说，脸上却笑开了花，接着说道，"咱可没有方君有魅力。"

"你是要求高，吓着男生了。"我故意说。

"我要求不高啊。你这样的就行。"赵海萍说完了，就盯着我。

我看到她那火辣辣的眼神，脸不由得一红，把头偏向一边，说道："你逗我开心。我这模样的，闭着眼睛都能抓一大把。"

我话音刚落，赵海萍一把抓住我胳膊，一脸认真地样子说道："那我抓住了。"

我的心不由得扑通一跳，不知道她是认真的，还是开玩笑的，当时我的心房好像有人在敲门，并且敲得很激烈。

"别开玩笑。"我还是下意识地把她的手甩开。

"张得强，我觉得你这个人很有趣。"赵海萍说。

"你才认识我几天，就知道我有趣，你以为我是马戏团的猴子啊。"我开玩笑地说。

"那我以后叫你张猴子。"赵海萍笑着说。

我把双手一举，做出很有力量的样子，说道："见过有这么高大威猛的猴子？"

"张猴子，张猴子……"赵海萍笑得腰都弯下了。

我就故意假装猴子的样子伸手去挠她。

就这样，我们两人在樟树林这样嘻嘻哈哈地瞎玩瞎闹了一阵子，直到张雅丽走来，我们才停止打闹。

"你俩居然跑到这里来约会啊！"张雅丽打趣道。

"你来了，就是三个人一起约会了。"既然张雅丽开玩笑，我干脆厚着脸皮也开起了玩笑。

"我可不敢，得小心她报复我。"张雅丽指着赵海萍说。

"应该是小心方君收拾他。"赵海萍说完又笑了。

"我才不怕方君呢。帅哥，陪我们去超市买东西吧。"张雅丽说。

我看了一眼赵海萍，她笑着说："一起走啊，张猴子。"

"一起就一起，大老爷们儿，谁怕谁啊。你俩还敢吃了我不成？"我故作一副大义凛然的样子。

张雅丽冲着我一笑，然后挽着赵海萍的胳膊，两人走在前面。

她那笑容，我至今还记得，但是一直想不明白，为什么是那种表情，到底是什么意思？

## 第十二章　第一次吵架

没想到与方君第一次吵架居然来得这么快。

那天，我确实陪赵海萍和张雅丽去了超市，但是我走到门口，就遇到了曾皮。于是就与他一起去北门小街找英语老师老周喝酒，到了之后才知道，曾皮帮老周整理的诗稿已经跟出版社正式签约要出版了。

老周不停地夸曾皮是他的好兄弟，老周的弟弟周老板当场宣布，曾皮在北门小街他名下任何一家饭店吃饭都免单。

曾皮说，免单就不用，到时还请老周多送几本诗集给他，他希望熟悉的朋友都能读到老周的诗。随后他又补充道，只是没钱买，买不起，朋友比较多，只有厚着脸皮求老周免费送签名版。

我听了不得不佩服曾皮的为人处世，这家伙真会说话。

老周当场就拍着胸脯说，曾皮、张得强，你们说要多少本，我就送多少本。

周老板直接招手让服务员又送进来一箱酒。

那个晚上我和曾皮都喝醉了。

回到宿舍，向得钢告诉我，方君来电话了。

我喝得东倒西歪的，哪管得了那么多，倒在床上就睡了。

第二天早上，脑袋还晕乎乎的，正准备起床，宿舍电话铃响了。

向得钢接的，然后把电话往我这边一递，对我说："张得强，电话。"

我拖着鞋子走过去，嘴里嘟囔着："谁啊，大清早的打电话来。"

"张得强，你昨晚死了吗？"我把听筒刚放到耳边，那边传来吼叫声。

这一声怒吼，瞬间让我脑袋清醒无比——是方君。

"什么事啊？"我问道，声音有点轻。这是我第一次遇到方君这样的态度，暴跳如雷。

"昨晚给你打电话，你为什么不回？"方君的吼叫声都快把我耳朵震聋了，我不得不把听筒从耳边拿开。

"昨晚喝多了。"好男不跟女斗，我解释道，但是心里不明白她今天为什么这么大的火气。

"喝得很爽吧，左拥右抱是不是？"方君还是那么大声地质问。

"你胡说什么呢？就我、曾皮、老周、周老板，还有老周的几个朋友。"我不明白她的火气从哪里来的，也不想大清早的为这个事情争论。

"我胡说？我胡说？谎话连篇。好，张得强，分手！"

那边电话挂了，传来一阵嘟嘟声。

今天真是邪了，她为什么忽然歇斯底里地狂吼？

我拿出电话卡，想拨过去问清楚，刚拨了一个号码，就挂了。

算了，她正在气头上，等等再说吧，赶紧去洗漱，不然洗手间又要排起长队。

当我洗漱完回到宿舍，曾皮问我："刚才是方君来电话？"

"是的。不知道她哪根神经有问题了，冲着我骂了两句就挂了电话。"我没有把方君喊"分手"的话告诉他。

有人说，深爱着一个人，你就会在乎她说的每一句话。

是的。我深爱着方君，我也在乎她说的每一句话，但是我又不想为她早上的事情纠结。如果我不了解她生气的缘由，而盲目去讨好去解释的话，反而会让她更加误会。

我收拾好床铺，正准备背着书包去食堂吃早餐，电话铃响了。

还是向得钢接的，他刚说"喂"字，就把电话递给我。

"张得强，你昨晚去哪里了？"居然是赵海萍。

"与几个同学到北门小街喝酒了。"我如实回答。

"哦。"

"有事吗？"

"没事。我就问问。"

"方君在宿舍吗？"

"没有。她昨晚没回来睡觉。"

"哦。你们今天上午有课吗？"

"我们每天上午都有课。下午只有周三有课。"

"你今天下午有课吗？"

"没有。"

"那好，下午你陪我出去办件事吧。"

"什么事？"

"现在得保密，去了你就知道了。"

"我下午要去找方君，跟她有点儿事。"

"哦。"

"不好意思，我挂了啊。"

"其实今天下午方君也会去。"

"哪里？"

"中午第二食堂门口见，到时告诉你。"赵海萍说完就把电话挂了。

我很好奇，她为什么要我陪她去？方君也会去？会是什么地方呢？

算了。不想了，去了就知道了。正好要找方君问个明白，她为什么今天是这样的态度。她在我印象中一直是很温柔的。

我挂完电话，曾皮拍了一下我的肩膀，说："感情这个事情，只要你真心，就一定会得到真心。"

我看了他一眼，说道："你是诗人，你不是哲学家。你也没谈过恋爱。"

"瞧你，谈了几天对象，就在我老江湖面前吹牛了。"曾皮说。

"女朋友都没有，你还老江湖。"我打趣道。

"小瞧了吧。跟你说也没用。你还太嫩。"曾皮说完就走在前面，接着又甩出一句话，"珍惜眼前人。"

珍惜眼前人。方君肯定在哪方面误会我了，我与她的故事不能就这样——还没正式开始就结束。


中午在食堂吃饭时，赵海萍趁我没注意，帮我刷了饭卡。长这么大，还是第一次吃饭让女生买单。

她与张雅丽坐在我对面，讨论着今天课堂上老师布置的作业。我对美术不懂，也就没有插嘴，埋头吃饭。

然后，三人一起去校门口坐公交车。

下午坐车出去的人很多，我们三人挤上车没有抢到位置，就站在一起，我刚想找个话题与赵海萍说话。一个男生挤了过来，显然他们是同班同学，于是他们三个人欢天喜地地聊起来，而我为了避免尴尬，只能看着窗外。

就这样，在车上摇摇晃晃坐了十多个站，赵海萍喊我下车。而那个男生也跟着下了车。

"山城市康复医院。来这里干吗？"我问赵海萍。

"你来过这里吗？"赵海萍问。

"我好好的一个人，来这里干吗？"我说。

"知道这里是什么地方吗？"张雅丽说。

"这是很多病人康复的地方。"那个男生说。

"看这名字，我也知道是康复的地方。"我说。

"方君就在里面。"张雅丽说。

"她在里面？"我吓了一跳，她出啥子事情了？我瞪大眼睛看了看赵海萍，又看了看旁边那个男生。

两人都不约而同地点了点头。

我的小心脏一下子紧张起来，想起早上她打来的电话，难道她出什么意外了？

"她怎么了？哪里受伤了？"我焦急地问道。

那个男生故作愁眉苦脸的样子，说道："等你见了，就知道了。"

她怎么啦？

# 第十三章　爱的模样

我想问赵海萍和张雅丽，估计她俩也是成心的，故意不理我。

我只得忐忑不安地跟着他们三个人走向康复医院。

当我踏进医院大门的时候，我第一反应就是我是不是走错地方了。

门口大大的"医院"两个字告诉我，这就是医院。

从医院大门到大楼，是一片类似操场的空地，而这空地上，像个大集市。空地的四周，摆满各种艺术作品，有国画、有油画、有书法、有剪纸、有雕刻等。字画都摆放在画板架上，雕刻的作品摆放在桌子上，一些穿着病号服的病人在家属或者护士的搀扶下，认真地欣赏着，还有几个在小声议论，不停地点头夸赞。

这明明是艺术展，哪是医院？

"意外吧？"赵海萍故意问我。

我点了点头，说道："真没想到。"

但是这与方君又有什么关系呢？我现在只关心她到底怎么啦。

"看看那是谁？"赵海萍显然是看出了我的心思，就用手指了指远处。

只见方君推着一个轮椅，轮椅上坐着一位看起来八十多岁的老太太，正缓缓地向我们走来。

远远看去，她一切正常。

我愣在原地。赵海萍拽了下我的衣服，说道："还不过去？"

我回过神来，快步走了过去，到方君跟前，脑海里还没想到应该跟她说什么。

只见轮椅上的老太太问："君君，这是你同学吗？"

方君看了我一眼，俯下身子，对老太太温柔地说："姨姥姥，他是我同学，叫张得强。"

原来这位就是她的姨姥姥。我忙也弯下腰，非常有礼貌地打招呼："姨姥姥您好。"

老太太点了点头，微笑着说："张得强，这名字好听，人也长得不错。"

老太太当着方君的面夸我，心里特别甜，自豪地看了一眼方君，对老太太说："姨姥姥，您身体可好？"

老太太说："比前段时间好多了。这不，多亏君君照顾我。不然我这老太婆都没人管呢。"

"叔叔阿姨他们只是工作太忙，他们也很关心您的。"方君忙说。

"他们啊，就知道上班。"老太太略带抱怨地说，"君君陪我在人民医院住院好一阵子，上周才转院到这里来。"

原来这样啊。

我说："这里挺好的，环境好，还有好多艺术作品欣赏，心情好，身体康复就快。"

"是啊。多亏你们和方君想起这么好的主意。你瞧，今天天气好，暖洋洋的，大家都出来边晒太阳边看画。"老太太很兴奋。原来这是方君他们策划的艺术展，而老太太不了解情况，认为我也是参与者。

方君看了我一眼，神秘地笑着，没有解释。

老太太是过来人，肯定从我与方君的眼神里面看出了什么端倪，就说："君君，你们聊天吧。这个轮椅我自己可以手动操作的，我自己走走看看。"

方君说："姨姥姥，没事，我们就是来陪您的。"

"哦！"老太太点了点头。

这时，赵海萍和张雅丽也走了过来，跟老太太打招呼。显然，他们之前就认识。

我见那个一起来的男同学在不远处拿着相机东拍拍西拍拍，就走了过去。

"我叫张得强。你叫什么名字？"我问他。

他放下相机，说道："高能。"

"高能？"这名字很新鲜。

"对。前方高能，请注意减速，就是这个'高能'。"他说道。

"你们是什么时候策划这个活动的？"我边用手指指周

围画板，边问道。

"就上周啊，方君提的建议，我们觉得不错，就从系里征集了一些同学的作品拿来，没想到效果挺好！"高能很自豪地说。

"到医院里面办画展，真有创意！"我说。

"这医院的领导，听说是方君姨姥姥当年的部下。方君陪姨姥姥转院到这里时，见这里环境很好，而且是康复医院，不同于其他医院，就把这个想法说出来给姨姥姥听，姨姥姥觉得很新鲜，就跟医院领导说了这件事，医院领导拍手叫好，于是方君就让我们一起参与了。"高能把前因后果说了出来。

"我怎么从来没听她说啊？"

"保密啊。她开始之前就说了，只有我们参与的人才知道。其余的人都保密。我们系里很多人也不知道作品拿到哪里去了。"高能边说边扬了扬相机，"这不，我就来拍照拿回去给大家看。"

"为啥不能告诉大家啊？这么好的事情，应该宣传啊。"我疑惑道。

"你想想，如果说了出来，系里是不是就有很多同学都过来看自己的画了？这是医院啊，人多又杂，不利于病人休息。"说到这里，高能又顺手指了指不远处的病人，说道，"你看，有些病人是自己一个人慢悠悠地过来，没有家属陪同，也没有护士陪同。如果系里来一群同学，哪个冒失鬼不小心把他们撞倒在地，那就惨了，倾家荡产都赔不起。"

我一听，还真是这么回事，说道："你们考虑得真周全啊，了不起！"

"都是方君提出来的，也有可能是医院里建议她这样做的。"高能说。

此时，我心里不由得奔腾出一股暖流，没想到方君是如此有爱心、有思想、有组织能力的一个人，悄无声息地做了一件大家想都不敢想的事情，真是令我刮目相看了。

"作品先在这里展示几天，然后由医院和病人挑选一些好的留下来，到时挂在医院各楼层走廊的墙壁上。让病人身处艺术之中，忘记自己是在医院。"高能继续说着。

此时，我已经不知道说什么好了，看着远处，方君等三人正陪同老太太看画，有说有笑的。阳光下，她的娇小背影，在我的心里烙下爱的模样。

但是，她今天早上为什么在电话里说那样的话，我想找机会问清楚。

## 第十四章　公交车上有色狼

"今天早上你怎么啦？"好不容易逮着一个机会，我把方君拉到一旁问道。

"没什么，算了。"方君平淡地说。

"到底啥事情啊？"我急着想知道缘由。

"没事，过去了。算了。"

"你说吧。如果是我做得不对，我改。"

"没什么。你做得很好。"

"你这话说的，能不能好好地说话啊？"

"我昨晚来这里的时候，在公交车上遇到色狼。"方君等了很久，终于说了出来。

"啊？报警了吗？"我大吃一惊。

"没有。那人想骚扰我，我躲开，结果他又贴过来。我盯着他，没想到他居然恶狠狠地盯着我。"方君说。

我没说话，继续听她说。

"在车上，人多，我不怕他。但是我下车之后，他也跟着我下了车，吓得我一路小跑进了医院。"方君说起这事，还有点颤抖。

"他长什么样？"怒火不由得升了起来，我问道，"我要找到这个人，收拾他。"

"昨晚下车来医院的有好几个人，如果就我一个人的话，后果不堪设想。"方君紧张地说。

我抓住她的手，希望用这种方式告诉她，有我，别怕。

"你还记得他长什么样子吗？"我继续问道。

"我记得。"方君说完，从外衣口袋里掏出一张纸，递给我，"我已经把他画出来了。"

我双手接过纸，轻轻打开，一个三十来岁社会青年的样子，留着小寸头，方脸，鹰钩鼻，最明显的标志是脸上有道伤疤。

不愧是美术专业的，不仅画得很逼真，她还把这个人的特征都很仔细地画出来了。

"今天赵海萍和张雅丽过来，我就提前跟她们说了，找个男生陪着过来，这样安全些。"方君说。

"哦。难怪赵海萍要我跟着过来，说有事。"我说。

"是的。高能本来是今天下午还有别的事情，没有计划过来的。赵海萍就要你跟着来。但是，高能那边的事情临时取消了，所以他又来了，正巧你们又坐上同一趟车。"方君说。我想，这些应该是赵海萍或者高能刚才告诉她的吧。

我把画纸收好放进口袋，对她说："这个人，我会想办法收拾他的。"

方君说："我画出来是告诉同学们，坐公交车时遇到这个人离远点儿。他是社会上的人，我们是学生，惹不起。"

"这种人就得受到法律的制裁，如果我们一味退让，只会让他有恃无恐，可能在某一次就会对某个女生造成终生的伤害。"

"那我们报警可以吗？"方君问。

"没有证据，报了警也没有用。"我说，"我会想办法逮着他的。"

"那你要小心点儿。"方君关心地说。

"放心，咱们主持正义，还怕他？我会叫上几个男同学一起来收拾他。"我说。

"我就知道你是个正义的人。"方君低头夸了我一句，脸微微泛红。

"昨天我应该送你来这里。"见方君夸我，我主动检讨。

"当时跑到医院，我特别害怕，给你宿舍打电话，你没在。我都把医院的电话告诉你舍友了。等到今天早上，你也没给我回电话，我就越想越生气。"方君嘟着嘴巴说，"在山城，我认为只有你才能保护我。"

方君简短的一句话，瞬间让我欣喜若狂，原来她认定我是她的依靠。

我好想把她搂在怀里。但是周围有人，我强按着内心的冲动。

握着她的手，我激动地说："我会保护你的，一生一世。"

方君红着脸，低下头道："嗯。"

## 第十五章　抓色狼


从医院回到宿舍，我就把方君在公交车上遇到色狼的事情跟大家说了。

曾皮听了之后，一拍床板，喝道："兄弟们，咱们得把这个狗东西抓起来揍一顿，再送他到派出所。"

将代常说："曾皮，你说，我们该怎么办？"

"啥怎么办！抓住这人渣，直接送到派出所。"向得钢说。

"抓色狼咱们得有证据，没有证据的话，人家反咬一口，到学校里来闹，那就麻烦了。"阿东说。

平时少言寡语的阿武也说话了，他慢吞吞地说："阿东说得对，我们要讲证据，让那色狼无从狡辩。"

我想起高能的相机，就说："我们借台照相机，把这家伙骚扰人家的动作拍下来。"

曾皮说："这方法不错。明天我去找周老板借。他有一个好相机。"

阿东说："不要高档的，要是不小心碰坏了，还要赔钱。傻瓜相机就行，直接咔嚓咔嚓按快门就拍的那种。"

"就这么定了。"曾皮说，"狗改不了吃屎。我们下午没课的时候就去坐那趟公交车，不信遇不到他。"

"对。反正咱们有公交月票，坐多少次都无所谓。"将代常说。

我见大家提起抓色狼都斗志昂扬，也就更加有信心了。我不是一个人在战斗，我有一群兄弟。


我们系下午没有课，所以抓色狼的行动就安排在下午。

曾皮没有去找周老板借相机，而是找老周借了部傻瓜相机。老周听曾皮说了情况之后，当场拍着胸脯说，你们大胆去抓，只要有证据就不怕，要是这家伙以后从牢里放出来想找麻烦，我罩着你。

曾皮回来跟我们说，就冲着老周这句话，一定要把这个色狼绳之以法，让社会上那些"咸猪手"都变老实。

于是，我们宿舍六人分两组，一天出去一组，并且商量好，看到色狼不要立即下手，务必掌握证据。

第一天，是我和将代常、向得钢三人一起出发，在那条公交线上来回坐了两趟，没有遇到方君画像中的那个人。我们特意留意了车上，也没有看到别的"咸猪手"。

第二天，曾皮带着阿东、阿武出发，到了天黑才回来，也没有看到那个人。

晚上，我们坐在宿舍里商量。

"这个色狼会不会不在这条线上？只是偶尔到这边办事或者走亲戚？"阿东说。

"不排除这种可能。我们这样坐车去找，能碰巧坐同一趟车的概率本来就很小。"阿武说。

曾皮手里端着杯子，坐在床边，说道："这种情况，我早就想到了，但是有个成语叫功夫不负有心人。只要我们坚持去找，我就不信抓不到色狼。就算找不到这个色狼，抓个别的坏蛋也行，只要能为民除害。"

"我们也可以发动学校其他人去找。"阿东坐在一旁思索了一下，说道。

"怎么找？"曾皮问。

"我们可以到学校论坛里面发帖，把抓色狼的事情告诉大家，让大家都来参与。人多力量大，每趟车上都有人去找，我就不信这个人不坐车。"阿东说。

"阿东，这想法不错，人海战术，大海捞针，也要把这个人给捞出来。"曾皮兴奋地说。

"学校论坛里面有很多人在里面灌水，只要一发消息，立马就全校皆知了。"阿武说。

"我们发出这个消息，一可以组织大家抓色狼，二可以让女同学遇到色狼不用怕，有我们在保护。"将代常说。

我一直没说话，抓色狼的事情是我发起的，应该多听大家的意见。

"阿东，等会儿我俩就去网吧。"曾皮说，"我越想越觉得这事很刺激。"

本来一件小小的抓色狼事情，没想到，后来在山城大学，甚至在山城引发了一场意想不到的事件。

## 第十六章　晓飞找上门来

阿东在学校论坛发的帖子，引起了大家的广泛关注，不少男生加入。曾皮就给大家分配任务，哪些人坐 28 路车，哪些人坐 32 路车，哪些人坐 79 路车，哪些人坐 124 路车，等等。他还做成表格，一一记录，乐此不疲。

在曾皮身上，我仿佛看到了一个将军在指挥着自己的部下，不攻下城池绝不撤退。

这天下课我刚走出教室，一个人站在我面前。

晓飞。

一个曾经英雄救美与方君有那么一点点交集的男生。我清楚地记得那天他想拉扯方君，被方君厌恶地甩开的样子。

我不想理他，正准备从他旁边走过。他叉着腰盯着我，冷冷地说道："找你。"

看来，来者不善。我盯着他上下打量，说道："什么事？"

"你是方君的男朋友？"他问。

我露出胜利的微笑，没有回答。只要他不是傻瓜，我的微笑已经给出了准确的答案。

"她是我的。你以后不要去纠缠她。"晓飞的语气很冰冷。

没想到他在我面前如此张狂，我盯着他冷笑着问："你是谁？"

"晓飞！方君的正牌男朋友！"他昂着头，一副高傲的样子。但是他理解错了我的意思，我问的意思其实是你算什么东西。

"垃圾！"我一脚踢飞地上的一个纸团。

"你说什么？"他瞪着眼恶狠狠地看着我。显然，他没想到我居然比他还狂。

他是学生，我也是学生，只要他不怕闹，我也不怕闹。谁怕谁啊！

"你自己说的，你是垃圾！垃圾！"我边说边用手指了指地上的垃圾。

此时，曾皮和将代常站在了我身后。

"闭嘴！我警告你，以后离方君远点！她是我的女人！"晓飞指着我说道，这语气就是警告！

"找死！"我左手挡开他的手，右手一个勾拳重重地击打在他肚子上。

让我没想到的是，他连退两步，一屁股坐在地上。

这让他很意外，没想到我会当着这么多人的面动手打人。

这也让我很意外，没想到这个"垃圾"这么虚弱，只一拳头就坐在地上了。

他涨红着脸，爬起来就想向我冲过来，我正想出手。没想到，从我身后，蹿出一个人影，一脚踢去，"垃圾"又倒在了地上。

原来是曾皮出手了。

只见他冲上去，用膝盖把"垃圾"压在地上，右手一扬，"啪啪"两巴掌狠狠地扇在"垃圾"的脸上。

这让周围的人都蒙了。

我也蒙了，没想到曾皮居然出手打人，而且打得这么狠。

估计躺在地上的"垃圾"也蒙了，没想到半路上杀出个程咬金。

过了很长时间，直到后来事情的发生，我才想明白，曾皮那天为什么那么愤怒。

晓飞被扇了耳光之后，爬了起来，一手捂着脸，一手指着曾皮和我说："你们等着，老子不会放过你们的。"

"你爷爷我随时奉陪，有种你再来！"

就这样，晓飞趾高气扬地来，鼻青脸肿地走了。

"龟孙子，还敢在我面前嚣张！"曾皮看着晓飞灰溜溜离开的背影，说了一句。

"你怎么也出手呢？"我问曾皮。

"看不惯。"曾皮说。

晓飞肯定还会来找我的。我决定吃完饭去找方君。

方君的姨姥姥在康复医院住得很好，医院的领导又为她特意安排了一名护工悉心照顾。她姨姥姥跟她说，要她不用在医院陪护了，于是方君昨天就回到学校上课了。

我与曾皮一起吃完午餐，刚回到宿舍，就来了个电话把曾皮叫出去了。

我开始给方君打电话。

"张得强，是我。"我拨通电话刚说找方君接电话，赵海萍在那边说话。

后来我才知道，赵海萍的床靠近电话机，她坐在床上，只要一伸手就能拿到电话，所以我打电话过去，基本都是她接的。

"赵海萍，你让方君接电话，我找她有事。"我说。

"张得强，听说你们在抓色狼，抓到了吗？"赵海萍没有把电话递给方君，而是接着问我。

"还没有。你放心，我们迟早都会抓到的。"我说。

"我在学校论坛里面看到很多人都报名参加，你们真爷们儿。"赵海萍在那边夸赞我们。

"保护女人，是我们男人的使命。"我不由得自豪起来，说话的口气也大了。每次与赵海萍见面或者通电话，她总是喜欢夸我，而我每次都觉得特别舒服。

"真棒，我就喜欢你这样的。"赵海萍说这话，我不知道具体是什么意思，是喜欢我这个人，还是喜欢我这种人。

我只好转移话题，说道："你让方君接电话，我找她有事。"

"她刚才出去了。刚才有人来电话说找她出去有事。"赵海萍说。

"那你让她等会儿给我回个电话。"我说完就挂了电话。

我怕自己与她多聊会儿，会被她宿舍里的同学误会。

# 第十七章　方君为了晓飞来找我

挂了电话，我就躺在床上，想着这一个礼拜来抓色狼的收获。

虽然方君说的那个色狼还没有抓到，但是通过大家的行动，在公交车上抓住了三个小偷，帮助了二十多位老人上下车提行李，劝住了一场在公交车上因为踩了别人鞋子而差点引发的斗殴。

学校论坛灌水区里面大家每天都分享在公交车上的收获。虽然都是一些微不足道的小事，但是弘扬了社会正气。那些受到帮助的老人不停地夸山城大学的学生素质真高。

不知道过了多久，突然电话响起，当时宿舍就我一个人在。曾皮、阿东和阿武应该是去坐公交车抓色狼了，将代常在洗衣房洗衣服，向得钢不知道跑哪里去了，听说他看上了英语系的一个女生，估计是去约会了。

我刚拿起电话，对着话筒"喂"了一声，对面就传来气呼呼的声音："张得强，你给我出来！"

是方君。

她又怎么了？昨天不是好好的吗？我陪她吃了饭，还在樟树林手牵手散步呢。

谁惹她了？我的心怦怦直跳。

任何人生气，我都可以无动于衷，但是只要方君有一丁点儿不开心，我就提心吊胆，担心是不是自己做错了什么。我的心情常常伴随着她的心情而变化。

"你在哪里？"我赔着小心问道。自己一个勾拳打在晓飞身上的那种霸气，在方君面前荡然无存，反而变得谦卑。

"你宿舍楼下小卖部。"方君的语气非常冷。

"我马上下来。"我挂断电话，就匆匆往楼下跑。

方君站在小卖部门口，她看到我来了，就往旁边没有人的地方走，我跟着走了过去。

"什么事？生这么大的气？"我小心地问道。

"你是不是打晓飞了？还和曾皮一起联手打他。"方君盯着我问，语气非常生硬。

原来是这事啊！

"是的。他自己到教室里来威胁我，不让我跟你在一起。"我说。

"威胁你又怎么啦？你比他高大，说几句话，你有必要动手吗？你很英雄？"方君说。

"他不找我，我也不会揍他。"我见方君帮晓飞说话，心里很不舒服。

"你现在很牛，在山城大学一呼百应，大家都跟着你去找色狼，了不起啊！"方君的语气，让我听着很不舒服。我揍了晓飞，关她什么事呢？她为什么要为此生气？难道我在她心目中连晓飞都不如。

想到这里，我不由得失望起来，便说了一句话："抓色狼也是你让我抓的。你应该去问晓飞，他为什么要来找我，他有什么资格让我离开你。他跟你什么关系？"

本来我不应该用这样的语气跟方君说话的，但是想到晓飞那个欠揍的样子，看到方君维护晓飞的样子，我特别伤心，伤心得不知道应该说什么。

"我明白了。都是我的错，我们之间没有任何关系了。"方君说完扭头就走。

我一把抓住她的胳膊，我还不想失去她。

"放手！"她用力地甩开了我的手，语气非常坚定。

然后，她头也不回地走了。

我看到她的背影，整个人都傻了，我错了吗？

我的心阵阵绞痛，这个我爱的女人，她对我为什么就像变幻莫测的天气——时而风和日丽，时而电闪雷鸣。

我看着她的背影在眼前慢慢消失，突然有什么迷住了我的眼睛，用手擦拭，原来是泪水。

张得强，你这个混蛋，你居然为了这个女人哭了！

我在内心狠狠地骂了自己一百遍，我不知道为什么要骂自己。

我拖着沉重的脚步回到宿舍，一头倒在床上，感觉全身的力气都被抽空。

“张得强，你怎么还在睡觉啊？”向得钢把我从睡梦中喊醒。

我睁眼看窗外，天色已经暗了。

“没啥事就睡会儿。”我说。

“你跟方君怎么了？”向得钢问。

“没怎么啊，挺好的。”我不想说她的事情。

“别骗我了。我刚才在樟树林看到她与一个男生在散步，还一起去食堂吃饭。”向得钢说。

大家都以为我与她在谈恋爱，其实只有我自己知道，我还是我，她还是她，我与她之间隔着一条看不见的河。

“无所谓啊。”我故作轻松地说。

“假。”向得钢说，“如果你俩感情好，你肯定吃醋了。”

我叹了口气，说道：“吃饭了没有？没吃的话，我们一起去北门喝酒。”

一听喝酒，向得钢眼睛冒光，说道：“好啊，我正愁一个人吃饭无聊呢。你请客啊！”

我从兜里翻出一张百元钞票，说道：“一百块以内我买单，超出一百你买单。”

向得钢满意地笑道：“没问题，咱俩还能超标？我绝对会控制在九十九块。”

我说：“你最好是带上钱包去，小心没钱买单，把你留在那里刷盘子。”

“走！”向得钢一拍放着钱包的上衣口袋，就往外走。

"你怎么没陪心上人去吃饭？"我跟在后面问。

"还没到那一步。"向得钢说。

"不会吧？你俩还没在一起吃过饭？"我问道。

"吃过啊，不过是好几个人在一起吃的，不是单独和她。"向得钢说。

"那你得加速啊。"我说。

"你不懂。感情这事，不能用力过猛。过猛了，物极必反。"向得钢说。

"说说她的事情来听听。"我快走一步，与他肩并肩。

"这有什么好说的。应该说说你与方君的事情，你们俩到底怎么啦？"向得钢避开话题，反过来问我。

"没啥。我也说不好。"我说。

"我也感觉，你俩一会儿热乎乎的，一会儿冷冰冰的。"向得钢说。看来他也看出了端倪。

"不是我俩。是她，一会儿热乎乎的，一会儿冷冰冰的。我也不明白她的性情怎么这么古怪。"我说。

"你了解过她的家庭吗？有些是跟原生家庭有关。"向得钢说。

"你还懂这个？"我对"原生家庭"这个词只是偶尔在书上见过。

"不懂。但是每个人的性格肯定跟从小成长的环境有关。"向得钢说。

"不谈这些了，谈了烦人。"我说道。

"是你们之间有误会，还是她喜新厌旧？"向得钢逮着这个话题不放。

"不知道。今天中午我揍了晓飞，结果她跑来把我骂一通，然后就走了。"我说。

"哦。上午我提前下课出去了，错过了一场好戏。"向得钢说，"晓飞这个人比你矮小吗？"

"是的。略矮些，瘦瘦的，一副社会混混的打扮。"我说。

"那我刚才在樟树林见到的应该就是他。"向得钢说。

"他之前英雄救美，帮过方君，就一直缠着方君。"我说。

"方君对他有意思？"向得钢问。

"我哪知道啊？前几天我还见到他纠缠方君，被方君训斥了。谁知道今天方君居然跑来骂我，明显是护着那个家伙，心疼那个家伙。"我说。

"女人的心，大海的针。"向得钢说，"或许他俩真有说不清的感情。"

"不行就算了。天涯何处无芳草，何必单恋一枝花。我张得强立马就能找个更好的。"我说。

"又吹牛了，明天你找个给我看看。"向得钢见我张狂的样子，故意挤对我。

我说："我找到了，你请客。"

"明天你不带个给我看，你还要再请客。"向得钢说。

"真赌？"

"赌!"

## 第十八章  意外的相遇

我只要心情不好，逢酒必醉。

虽然表面上跟向得钢吹牛，自己不在乎方君，但只要一提到她的名字，就像有一把刀在绞我的心。

向得钢是能看出我的心事的，他安慰我说，山城大学美女如云，旧的不去新的不来，男人不谈几段恋爱，是不会成熟的。

我俩喝的是白酒，点了几盘炒菜，上了一碟花生米，坐在一家饭店的角落，吹一句牛，喝一口酒，又骂一句脏话。

虽然饭店里坐了很多客人，但是没有人注意我们。

当我们两个喝得有点儿酒精上头的时候，忽然一个熟悉的身影走了进来，后面还跟了另一个熟悉的人。

赵海萍走在前面，张雅丽与另外一个女同学挽着胳膊跟了进来。

她们怎么来了？

三个人坐在另外一个角落，并没有注意到我。

但是我刚才的表情，却被向得钢发现了。

"你认识？这三个长得不错。"他问。

"何止认识。"我有点自鸣得意地说。

"难道你跟她们有不同寻常的关系？"向得钢喝得满脸通红。

男人在酒后最喜欢谈的话题，应该就是女人。

我刚被方君打击，此时酒精上头，才不管那些了，我张得强是谁？我不能为了一棵树而放弃整个森林。

"非同寻常。哈哈哈……"我说完就仰头又喝了一杯。

酒能解千愁，酒也是吹牛的胆。

"吹牛。有本事你叫她们过来，一起喝酒。"向得钢故意激将我。

我说："要是我叫过来了，今天你买单。"

"好。只要你有本事叫来一起吃饭喝酒，这个单我向大爷买定了。"向得钢红着脸，把双手袖子往上一捋，真像一个卖菜的大爷。

我才不怕他激将法呢！她方君不是觉得有很多人追她吗？她不是觉得自己了不起吗？算啥！

我张得强就要追一个她同舍的女生，天天情情爱爱，气死她。

赵海萍的出现，让我的脑海突然闪现出一个这样的念头，我要让赵海萍做我的女朋友。

我把酒杯往桌子上一放，就向赵海萍走过去。

"这么巧啊？"我直接坐到赵海萍旁边。她一个人坐在桌子一侧，张雅丽和另一个女同学坐在对面。她们三个正低头看菜单，见我说话，都吓了一跳。

"你怎么在这里？"赵海萍对我的出现很意外。

"没什么事就与舍友一起出来喝杯酒。"我说。在赵海萍面前，无论何时，我都感觉很轻松，从不考虑应该如何说话，也不担心她下一句话会说什么。

"张得强，你喝了不少啊，脸和脖子都通红通红的。"张雅丽说。

"这点酒算什么。我这是习惯性脸红。"我为自己狡辩，接着说道，"坐我那边吧，我请客，一起吃。"

"真的假的？"张雅丽瞪大眼睛吃惊地说，"我们可是三个人哦，你舍得买单？"

"你们放心，吃完之后，你们大胆走，我没钱买单就留下来刷盘子。"我说。

赵海萍笑着问对面同伴："那我们就过去？宰他一顿。"

"太好了，本来是我买单的，现在你要买单，我求之不得。"另外那个女生开口说话。

"这位是？"我看了一眼女生，又看向赵海萍。

"张雅丽的老乡，白果果，在山城师范大学读书。"赵海萍说。

我冲着白果果点了点头，然后盯着赵海萍说："看看你们，人家来我们山城大学是客人，你们怎么还好意思让人家买单，幸好我出现，否则我们山城大学的脸面何存啊？"

我故意夸张地开着玩笑。

张雅丽说："我跟她是好姐妹，从小学一年级到高三都是同班同学，并且还同桌了好几年。"

"那也不行啊，基本礼数应该到位啊！"我故意说道。

白果果笑着说："没关系，是我特意跑来请她俩吃饭的。"

"那下次她俩去你学校的时候，你再请。今天我请。"我边说边用手拉了一下赵海萍的衣袖，于是我们四个人一起向我原来的桌子边走去。

向得钢一直在观察我在这边的动静，现在见我真的带着三个女生过来，露出吃惊的样子。他肯定是既兴奋又心痛等会儿买单要花钱，但是最后那吃惊彻底变成了激动，因为张雅丽和白果果一左一右地坐在他两侧。这是那种方形的桌子，两侧坐人，一侧靠墙，另一侧就靠过道，而这饭店为了多摆桌子致使过道变得狭窄，没法加凳子，本来是坐俩人的凳子硬是挤了三个人。

我和赵海萍坐一侧，看到张雅丽坐在最里侧，而白果果选择坐在最外侧，把向得钢硬是挤在中间，我至今没明白，为啥要那样坐呢？两个女生挨着坐不是很好吗？

不想那么多了，反正他们三个人就那样坐在一起了，然后，向得钢手一扬，服务员把一箱啤酒搬了过来。

尽管三个女生都说不能喝酒，但是，她们最终每人喝了三瓶，而且都没醉。

白酒和啤酒我是不能混着喝的，喝完白酒，又喝啤酒，明显感觉自己有点儿撑不住，生怕自己喝醉后在女生面前出丑。

就这样，我们五个人，嘻嘻哈哈地边喝酒边聊天。向得钢这个人平时看不出来，这次在女生面前，那兴奋劲实在是没得说，从古至今的历史故事，从欧美到日韩娱乐，都是娓娓道来，如数家珍。白果果看着他那侃侃而谈的样子，满眼都是崇拜。

赵海萍几次借着酒劲把嘴巴靠近我的耳朵，轻轻地说："你这同学真逗。"

我也顺势把手放到她的大腿上，她想拿掉我的手，我却趁机握着她的手。虽然只是那么短暂的半分钟，但是那种感觉，是甜蜜，是激动，是刺激，是兴奋，是我与方君之间从未有过的那种说不出来的感觉。

## 第十九章　我在樟树林哭了

当我们五个人酒足饭饱时，已经八点多钟了，没想到时间过得这么快。

向得钢很自觉地跑去吧台买单。

张雅丽问我："不是你请我们吃饭吗，怎么他去买单呢？"

我故意忽悠她，说道："向得钢想在你们面前好好表现，所以这机会就让给他吧。我跟他都是好兄弟，没关系的。"

"你真狡猾。"张雅丽说。

"这样说就不对了嘛！白果果，下次你来我们学校，我肯定请客。今天我得把机会让给我兄弟。"我故意眨巴着眼对白果果说。

"随便你们谁买单，反正我不买单就行。"白果果看了一眼吧台旁边的向得钢，又看了我一眼，笑着说道。

"没错。"我对着白果果说道，"你把宿舍电话号码告诉我，向得钢肯定需要。"

"是你自己要吧？"白果果还没开口，张雅丽就抢着说道，"你当着海萍的面问别的女生电话号码，可不好呀！"

赵海萍听了，走过去轻轻打了一下张雅丽，故作生气地说道："就你乱说。"

白果果见了，抿嘴笑。

向得钢买完单，我们一起走出了饭店。

我正想找个借口与赵海萍多说几句话，向得钢开口了："张得强，我去送白果果坐车，你自己先回去吧。"

我一听，觉得这事情不简单啊，故意说道："怎么啦？我就不能陪你一起去送吗？"

我话刚说完，赵海萍在旁边拽我衣服。

"你想做电灯泡？"张雅丽说，"我回宿舍了，喝多了，想睡觉。"

"哦，明白了。"我故意乐呵呵地说道，"向得钢记得把白果果送到她学校宿舍。"

"必须送到。"向得钢边说边挥手往公交车站方向走去。

白果果向我们挥了挥手，说道："走啦！下周来我学校玩。"

说完，她很默契地跟在向得钢后面。

酒精还在麻醉着我的神经，怎么觉得这事情发展得有点儿让我意外啊！

我看着赵海萍，她站在我旁边。

既然如此，不如就借着酒精加深一下与她的感情。

我看着张雅丽说："张雅丽，你先回去休息吧，我跟赵海萍有点儿事。"

"重色轻友。"张雅丽听了，假意生气地打了一下赵海萍，"看来我得赶紧走，不能做电灯泡。"

赵海萍有点害羞地笑了笑，说道："他找我真有事。"

张雅丽笑着说:"肯定有事啦,约会嘛!我走了。"

她说完,就走了。看着她孤单的身影,我内心里猛然蹦出一句话"她真是个好姑娘"。

看着张雅丽走远,赵海萍有点儿娇羞地说:"去哪里?"

我拉着她的手说:"去樟树林走走吧,我喝得有点多。"

"嗯。"赵海萍任由我拉着她的手,跟着我走。

从北门小街到樟树林其实不远,穿过几栋楼就到了。

一路上,我们两个就这样手牵手走着,没有说话。其实我想说话,但是不知道应该找个什么话题聊,觉得与她在一起,这样手牵着手,不说一句话,也是很幸福的。

到了樟树林,赵海萍终于说话了:"张得强,你真的喜欢我吗?"

我停住了脚步,在微弱的路灯下,我看着她的眼睛,我不知道应该如何来回答这个问题,至少,在今天白天,我的心里还是爱着方君的,就算是此刻,我的心里好像还有方君。刚才在饭店里,我喝下的每一口酒,都想把方君的影子冲洗掉,但是总觉得越冲洗越清晰。

我真的不知道如何来回答赵海萍这个问题,说喜欢,确实是喜欢,但是我自己说不好这个喜欢与爱有没有关系,这种喜欢能不能成为爱的前奏。

我想说真的喜欢,但是又觉得这是欺骗她。她说的喜欢,肯定就是爱。而我目前只是喜欢与她在一起,喜欢与她说话,觉得与她在一起,全身都觉得很舒畅,但又好像与爱又有一种不同，具体是怎样的不同，我自己也说不出来。

如果我说不喜欢，那肯定是一句谎言，不仅是在欺骗我自己，也是在欺骗她。

赵海萍看着我，我从她的眼神里面看出来了，她在渴望我给她一个肯定答案。

瞬间，我觉得自己做错了什么，又觉得自己做对了什么，泪水涌了出来。

我一把搂着她，泣不成声。这是我第一次在女生面前哭。

她任由我搂着，任由我哭泣，她的双手搂着我的腰。

大约过了好几分钟，她应该从我的哭泣声中判断出我宣泄得差不多了，就轻轻地问了一句："好些了吗？"

我点了点头。

她从兜里掏出一包纸巾递给我。

我擦干了眼泪，看着她，很认真地说："对不起，海萍，我会对你好的。"

"嗯。走走吧。"赵海萍点了点头，拉着我慢慢往前走。

"张得强，知道我为什么愿意跟你交往吗？"赵海萍说。

"缘分。"我说。

"算是吧。"赵海萍说，"我见你第一眼，就觉得你是个好人。"

"好人？这社会上好人很多啊。"我试图让话题变得轻松起来。

"不一样，你与别人真的不一样。"赵海萍说。

"哪里不一样？我又不是三头六臂。"我准备启动自己的调侃模式。

"别贫嘴，听我说。我也说不出来哪里不一样，但是就是不一样。"赵海萍说。

"你这样说，把我绕晕了。"我说。

"哎呀，反正就是不一样嘛。"赵海萍略带撒娇地说。

"好好好，不一样。我张得强将来肯定会出人头地的。"我充满豪气地说。

"从今天起，从现在开始，我希望你是一个属于我的张得强，我们之间有什么话就敞开说，坦诚相待。"赵海萍看着我的眼睛说道。

我点了点头，说道："从现在起，我在你这里没有任何秘密。"

赵海萍满意地点了点头，说道："你之前的事情，我不想了解，你也不要跟我说。我之前也没有什么值得说的故事。"

"嗯。我懂。"我点了点头。

没想到，我与赵海萍就这样开启了感情之路，这是我几个小时之前没有想到的，也是我从未去想过的。当这一切到来时，又是那么的自然。

赵海萍是爱我的，我能深深地感觉到。

## 第二十章　我与她的身影

那天我把赵海萍送到宿舍楼下，看着她的背影，我的心暖暖的。

谢谢她给予我的爱，谢谢她不在乎我曾痴恋过方君，谢谢她给予我无限的包容。我决定好好待她，对她的好，要超越曾经对方君的十倍、百倍。

从女生宿舍楼到男生宿舍楼的路上，我兴奋得又蹦又跳，这种感觉是和方君相处中从未有过的。

我回到宿舍时，向得钢也刚回来。

我俩不约而同地相视一笑。

我俩端着脸盆到水房去洗漱，我问他："你准备一双脚踏两只船？"

"先谈谈再说，她俩又不在同一所学校。"向得钢说。

"你这样也太渣了吧？"我说。

"我觉得白果果更懂我。"向得钢用毛巾擦完脸，说道。

"那就专心待一个人，免得鸡飞蛋打，两个都得不到。"我说。

"随缘吧。你管好你自己就行。"向得钢说。

"我有啥？"我说。

"你与方君断了吗？"向得钢问。

"肯定断了啊！她甩的我。"我说。

"是真断了，还是两个人之间闹闹别扭而已？"向得钢说。

"废话，我跟她已经没有关系了。"我说完这句话的时候，心却在痛。我那么痴爱的一个人，说不理我就不理我了。

"难说。"向得钢说，"今天我虽然喝了很多酒，但头脑很清楚。可以看出来，赵海萍很喜欢你，而你的内心却放不下方君。"

"放屁。"我最讨厌听到"内心放不下方君"这句话，我把盆里水一倒，离开水房。我不想与向得钢提这个话题，我不愿意听到"方君"这两个字，这两个字像一把尖刀在绞我的心。


恋爱的日子，连空气都是甜的。

我牵着赵海萍的手，一起去食堂吃饭，一起去逛超市，一起去樟树林散步，一起坐公交车去市区逛商场。我们一起看电影，一起去江边看别人钓鱼，一起在人群中相拥。

从山城大学到山城市区的每条街道，都留下了我和赵海萍的身影。

在那个吃一顿麦当劳都是很奢侈的年代，我舍得给她买一个大大的双层牛肉堡，她吃一口，然后也喂我吃一口。

就这样，我们的甜蜜时光过了一个月，我突然得到一个消息。

公交车上骚扰方君的那个色狼抓住了，当时那人正偷偷地用"咸猪手"去骚扰一名女生，被曾皮他们看见了，冲上去就把那人摁在地上，一顿狂揍。

自从抓色狼行动发起以来，山城大学的男生都积极参与，只要有时间，就按小组三四个人一起去坐公交车。他们在论坛里面灌水说得个个像侦探一样，既刺激又自豪。

那天是星期六下午，我与赵海萍一起在图书馆看书。曾皮和将代常、阿东那天与往常一样坐公交车出去找色狼。

没想到，曾皮他们刚坐两站地就看到那个色狼，这个色狼的画像已经都印在大家脑海里了。曾皮看着那色狼挤上公交车，然后有意无意地站到一名女生后面。

曾皮手里拿一份报纸假装在看，实际上另一只手拿着相机准备随时偷拍。

阿东和将代常，也像猎人发现了久违的猎物一样激动起来，借着乘客上下车时，顺势挤到色狼的旁边，但又假装什么都不知道的样子，实际上却用余光上下扫视色狼的举动。

那个色狼果然不老实，他利用公交车上下坡和转弯颠簸之时，故意把手伸到女生的身上。那女生也没在意，估计是认为只是公交车颠簸别人不小心碰到她而已。但是她想错了，色狼认为这女生软弱，居然三番五次地伸手过去。而这一切，都被曾皮偷偷拍下来了。

曾皮后来说，这个色狼是惯犯，如果他骚扰女生一次，就去抓他，他就会找理由说自己是不小心碰到的，把他送进派出所，说不定也就批评他一两句就把他放走了。这样反而打草惊蛇，以后再想抓到这个人，就很难了。大家花了这么长时间，好不容易遇到他，岂能轻易放过。

于是，在那色狼第五次把手伸向那女生时，曾皮向阿东和将代常递了个眼神。

阿东立即上前一把抓住色狼的手掌，趁机掰住他的两根手指。将代常则一把抓住色狼的衣领。

就这样，他们轻而易举地把色狼抓住了。

后来，阿东吹牛说，幸好自己跟体育老师学了两手擒拿，没想到四两拨千斤，掰住那色狼的手指，那家伙立马就跪在地上嗷嗷叫了，嘴里不停地说"轻点儿，别掰断了"。

那人进了派出所还在狡辩自己是无辜的，是被这帮学生陷害了，并且还嚣张地说毁坏了他的名誉，是要赔钱的。

曾皮回来跟我说，他们一直看着那个色狼表演，演得真好啊！后来警察把照片快速冲洗出来，摔在他面前，他才哑口无言。

这人其实之前就被人抓过一次，说他骚扰女生，但是没有证据，只批评了几句就放了。没想到这次几张照片拍得非常清晰，平常人都能一眼看出来，他是故意性骚扰女生。派出所的警察说，将继续收集那人的犯罪证据，对待这种人绝不姑息，要依法严惩。

看到曾皮几个人兴高采烈的样子，我有点后悔自己不在现场。要是自己也在的话，肯定要冲上去对那人踹几脚。

当天，学校论坛的灌水区都快炸了，大家都在不停地发帖庆祝抓住了色狼。

第二天，派出所还派人给山城大学送来了一面锦旗，说是表彰山城大学学生维护正义，见义勇为。校领导非常高兴，特意通过校园广播表扬了学生们的这次行动，并还特意提到了要重点表扬曾皮、将代常和阿东。

曾皮本来就是山城大学的风云人物，这次校领导广播表扬后，他更是威名远播。

# 第二十一章　晓飞的身份

北门小街的周老板想写一些酒店宣传方面的文案，让曾皮去帮忙，而曾皮接受了学校的任务，要到市文化馆去参与策划一个文学沙龙活动。

曾皮在山城大学是名人，在山城的文化圈里面也小有名气，虽然他无法与那些真正的文化名人相比，但是有老周和周老板帮忙牵线，他很快成了这些名人眼里的"可畏的后生"。

老周自己爱好写诗，又是大学老师，与山城的文化圈名人自然就走得比较近，他为人大方，常常邀请那些名人来北门小街吃喝。周老板也常常出面招待，而老周总是把曾皮带上，介绍给大家认识。

曾皮帮老周做了不少事情，而且每次都不图回报，踏踏实实，很对老周的胃口，私下里老周还有时叫曾皮"兄弟"。而曾皮每次在众人面前，对老周都毕恭毕敬，当然，私下里他们又是什么话都能聊。

这次曾皮没法去帮周老板干活，而周老板又急着要文案，于是曾皮就让我去帮忙。

我的能力，周老板是很了解的，听说是让我去帮忙也非常乐意。

到了周老板办公室，听他把想法一一讲完，我也用笔一一记录下来，准备离开时，周老板说："快到吃饭时间了，吃完饭再回去。"

"周老板，您的事情多，您忙吧，我是常客，不用客气，我回学校赶紧把方案写出来。"我说。

"我正好没事，也约了你们学校另外一个小兄弟，他等会儿也过来，你们也可以认识认识，交个朋友。"周老板说。

"那我就恭敬不如从命了。"我回道。能让周老板单独请来吃饭的人，肯定不简单，据我所知，在山城大学的学生里除了曾皮有这样的待遇，还没有其他人有资格。

"他舅舅是你们学校保卫处张处长。"周老板说。

保卫处处长，我是见过的，五十来岁，听说在山城大学待了二十多年，从校门口的一名保安一路升上去的。没多少文化，后来自学拿到了大学文凭，又很会做事，慢慢地就得到了校领导的器重，已经在处长这个位置上待了五六年了。

"你们这些学生谁要是闹事，打架斗殴，只要张处长签个字，就要立即卷铺盖走人；只要他一个电话，派出所立马把闹事的人抓走。"周老板继续介绍。

这个我是听说过的，之前学校周围治安环境比较乱，张处长上任之后，联合派出所进行严格整顿，所以学校里面，甚至北门小街这一带，没有哪个不怕死的小混混儿来闹事。上学期，有两名男同学在食堂吃饭发生碰撞，结果谁也不服谁，就在食堂里面打了起来，其中一个用筷子差点戳瞎另一个人的眼睛，结果被直接开除。两个学生的家长都跑到学校里求着校领导再给孩子一次机会。张处长对校长说，如果不严惩，以后学生打架闹事，保卫处就不好管了，闹严重了，万一哪天出了人命就坏了。上一任校长就是因为学生打架斗殴影响太坏而受到处分，校长赞同张处长的决定，认为只有管理严格，杀一儆百，才能让学校这群血气方刚的学生老老实实、遵纪守法。

"张处长在我们学校是很受大家认可的，我们校园治安环境那么好，他是功不可没的。听说有些学校还规定学生不能把贵重物品放在宿舍，要妥善保管，而我们学校，你就是把一沓现金放在床上，都没人拿。有同学把 BB 机落在公共教室，结果第二天去找时，发现被人捡起摆在讲台上。"我说。当然，在校学生偶尔也会闹出些事情，比如看球赛喧闹这一类的，保卫处就睁一只眼闭一只眼，终究年轻人也需要一些释放的出口，别出格就行。

"好的社会风气，不仅靠大家的素质来维护，也要靠强有力的规则制度来保障。"周老板边说边往楼下餐厅走。

我跟在后面连连点头。

我们刚到包间里面坐下，有个人跟着服务员走了进来。

晓飞！

他怎么来了？

"晓飞，来来来，坐这边。"周老板招呼他坐下。

晓飞看了我一眼，眼神里也露出非常诧异的神色。

难道他的舅舅就是张处长？

晓飞坐下之后，周老板热情地介绍："晓飞，这位是我们山城大学的大才子张得强，写诗、写文章都是一流，与曾皮是好哥们儿，还住同一个宿舍。"

晓飞看着我点了点头，好像是初次见面一样。我看他那样子，内心不由得一怔，这小子城府很深啊，不像那天来找我干架的毛头小子。

"张得强，他就是我刚才跟你说的晓飞，很有能力，朋友多，路子广。以后你们多交往。"周老板说。

我也冲着晓飞点了点头，也装成初次见面，说了一句："以后多关照。"

"以后大家都是兄弟，今天我们三个喝个痛快。"周老板边说边开始给我们倒酒。

自我第一次见周老板开始，就打心眼里佩服他。一个这么大产业的老板，每次吃饭，不管在座的是在校学生，还是混得不怎么好的社会人员，他都客客气气地笑脸相迎，亲自倒茶倒酒。外人看了，肯定还以为他就是个跑腿的服务员。但是，只要与他吃过一次饭，你就会打心眼里觉得这个人真好，一点不摆架子，把每个人都当兄弟。我想，这就是他能在北门小街经营得风生水起的原因吧。

晓飞端起茶杯喝了一口茶，故意对我说道："你和曾皮同宿舍，那我们有缘。我女朋友和曾皮是老乡，还是他高中的学妹。"

"你女朋友和曾皮是老乡？这么巧，哪天带过来让老兄认识认识，我做东请客。"周老板很惊喜地说。

"是的。他可能认识。"晓飞对周老板说完，又看向我，说道，"我女朋友就是美术系的方君，你见过吗？"

晓飞那种胜利者的姿态，是故意气我的，这是在羞辱我。但是在周老板面前，我只得压住怒火，假装很吃惊地说道："哦，是她啊，大美女，你有眼光。"

我都恨不得抽自己一巴掌，怎么能说出这么恶心的话？但大丈夫能屈能伸嘛！

"那当然，我们晓飞兄弟长得这么帅，背景又好，谈女朋友肯定就要谈最好的。"周老板不明白真相，附和道。

晓飞听了，微微一笑，说道："不聊了，喝酒，喝酒。"

他那种笑，是嘲笑。

就这样，一个小时过去，好不容易吃完了饭。虽然饭菜很丰富，但是我食之无味。

整个饭局我都在保持笑脸，晓飞也肯定知道我笑得很假。

今天我才知道，自己居然是个小丑。

## 第二十二章　与曾皮的第一次冲突

回到宿舍，我没有心思写周老板的酒店宣传方案，躺在床上，想起方君那天在宿舍楼下对我的态度，想起自己在教室门口一个勾拳打在晓飞肚子上的场景。

难道方君是为了……

我不敢去想，立即给方君宿舍拨去电话，我要去求证这件事。

"得强，什么事？"电话是赵海萍接的，我刚"喂"一声，她就听出是我了。我们两人之间的称呼已经从"张得强""赵海萍"变成了"得强""海萍"。

我迟疑了，拿着电话筒不知道说什么。该不该让她叫方君来接这个电话？合适吗？就算方君为了我去求了晓飞，我又能如何？还能从晓飞身边把方君夺回来吗？我能放弃赵海萍吗？

"没什么，就是问你，吃完饭了吗？"我说。

"早就吃了。你还没吃吗？"赵海萍问。

"我吃过了，所以刚回宿舍就问问你。"我说。

"你说要去给周老板写方案，我想你肯定很忙没时间陪我，所以我就和张雅丽一块去吃饭了。"赵海萍总是那么体贴。

"哦。"我说。

"你是不是有什么事啊？吞吞吐吐的。"赵海萍已经觉察到我的异样。

"没什么事。"我狡辩道。

"说吧。有什么事？"赵海萍在那边催促道。

我深吸了一口气，鼓起勇气，说道："方君在吗？我想找她问点儿事？"

"什么事？"赵海萍显然很意外，很紧张。

我与她从那天晚上在樟树林确定关系之后，就从来没有提到方君，我们两个即使聊到宿舍里面的趣事，也总是有意无意避开谈到"方君"这两个字。

"有件事想问她。"我小心地说，担心赵海萍听了不高兴。

"她刚出去了。"赵海萍说完又补充一句，"她男朋友刚来电话让她出去了。"

"哦，那我挂了。"我说完还没等赵海萍反应过来，就挂了电话往外面跑去。

方君如果是外出，有条道是必经之路。

我沿着那条道往她宿舍方向跑去。果然，我遇到了她。

她正与晓飞一起并排走在路上，晓飞一定在说什么开心的事情，她在呵呵地笑。

我在不远处停下了脚步，我不知道自己刚才这么冲动跑出来是为了什么。看到晓飞在旁边，我不敢走过去，也担心被他们发现。

我才发现，原来自己这么懦弱。

或许，我这不是懦弱，只是内心深处不想伤害方君而已。我担心自己的莽撞会给她带来伤害。

我就站在那里，傻傻地看着他们从人群中走过，直到在我眼里消失。

我失魂落魄，脚下像灌了铅，往自己宿舍楼一步步走去。

"得强。"

我回过头，赵海萍站在后面。

我强作欢笑，说道："你怎么来了？"

"我刚才看见了。你找方君有什么事？"赵海萍的神色，满是担忧。后来我才想明白，那是她害怕失去我的担忧。

"问个事情。"我说。

"什么事情？我可以帮你问吗？"赵海萍说。

"算了，不问了。"我不想让赵海萍伤心。

我故作轻松地说："我们去散步吧，北门新来了一家卖糖葫芦的。"

"不去。"赵海萍看出我有意瞒着她。

我去拉她的手，她轻轻一甩，扭头走了。

我看到她的背影，她似乎在抽泣。

"海萍……"我喊她的名字，希望她停下来，但是她没有停下来。

我没有追上去，就那样傻傻地站在原地，看着她离开。

曾皮吹着口哨从外面回来，把手里的书包往床上一扔，高兴地说："我回来啦!"

大家看了他一眼，然后看书的继续看书，躺在床上听音乐的继续听音乐。

"周老板的事情搞好了吗？"曾皮见我没有理他，就站在我床前问我。

"他提的要求，都已经记录下来了，等你回来写。"我把本子往桌子上一扔，说道。

"哎哟，怎么啦？失恋了？一副不爽的样子啊。"曾皮嬉皮笑脸地说道。

"我问你件事。"我站了起来。

"什么事？"曾皮仍然一副笑嘻嘻的样子。

"你跟我出来。"我说。这是我第一次用这么严肃的口气跟他说话。

"什么事，搞得这么神秘秘的？"曾皮虽然嘴上这么说，但还是跟我走出了宿舍。

我俩走进水房，里面没有人。

"我问你，你认识晓飞吗？"我盯着曾皮严肃地问道。

"怎么啦？"曾皮反问。

"我就问你，你认识晓飞吗？"我的声音很高。

"你有病啦。认不认识他，关你屁事？"曾皮显然也火了，"你自己打了他，我帮你揍了他。"

"那我问你，你知道晓飞是谁吗？"我问道。

"我管他是谁？你也不用去管。你和他已经没有半毛钱关系了。"曾皮的火气也非常大。

"曾皮，我把你当兄弟，你告诉我，你与方君到底是什么关系？你到底还瞒着我一些什么事情？"我问道。

"你有毛病啊！方君现在跟你有关系吗？你们已经分手了。你现在与赵海萍在谈恋爱。"曾皮盯着我，用手指着我。

这是我们两个自从认识以来第一次爆发冲突。

"我现在是问你，你与方君到底是什么关系？"我问道。因为我一直觉得他与方君之间的关系不简单。

"校友，校友。中学校友，她低我两届。"曾皮不耐烦地跟我说。

"为什么我每次提到方君的时候，你总是不耐烦。为什么只要方君有委屈，你总是要挺身而出？为什么别的女生有困难，你却不闻不问？"我问道。

"她是我老乡，我认识她。怎么啦？你吃醋啊？"曾皮说道。

"好。你不说没关系，我迟早会知道。"我说，"方君现在与晓飞在一起，你知道吗？"

"我知道啊。人家谈恋爱自由，你管得着吗？"曾皮一副无所谓的样子，但是他的眼神已经出卖了他。

"你不可能不了解晓飞。"我说，"你是个懦夫。"

我把埋在心里骂自己的这句话，狠狠地骂向了他。

"你才是懦夫。"曾皮说完，一拳头打在我的胸上。

这一天憋着的郁闷瞬间都变成了怒气，我握着拳头也向他打去。

水房里，我与他扭成一团，倒在地上。我的脸挂彩了，他的脸也挂彩了。

打闹声惊动了周围的同学，大家走了过来，把我们拉开。

看着我们两人的样子，大家都惊讶不语。

在山城大学只要认识我们的人，都知道我和曾皮是铁哥们儿，可以穿同一条裤子的好兄弟，谁也没想到我们俩居然在水房里打了起来。

## 第二十三章　曾皮说出来的秘密

将代常和向得钢把我俩搀扶进了宿舍，然后把门关上，不让看热闹的人进来。

我倒在床上，曾皮倒在对面的床上，他嘴里还在不停地嘟囔着："张得强，你就是个王八蛋，你是懦夫……"

过了好一会儿，曾皮坐了起来，说起了方君的故事。

曾皮的母亲与方君的母亲之前就相识，曾皮的母亲一直很同情方君家之前的遭遇，多次跟曾皮说起要照顾好这个妹妹，别让她在学校受人欺负。方君的妈妈因为相信曾皮，所以也很支持方君考到山城大学来，这样有个照应，还有一个重要理由是她姨姥姥也住在山城。

这次方君好不容易通过专业特长考进山城大学，可以说是她家里飞出了金凤凰。虽然她家筹够了大学学费，但是美术专业的学杂费是很高的，各种绘画纸张、绘画颜料、彩笔，等等，都很费钱，而这些费用，都是她的姨姥姥用退休金资助她的。这也是她为什么那么悉心地连续半个月在医院里照顾姨姥姥的原因，她在尽自己的所能报答对方。

来到山城大学，曾皮一直把方君当成妹妹看待，而方君也把他当作哥哥。她知道他高中时的那段感情，还几次劝他尽快走出那段感情，重新谈场恋爱，找个相爱的人。

那天很凑巧，曾皮看到我在楼上看方君，并且暗恋了她很久。他对我很了解，认为我是一个能照顾好方君的男人，所以就主动要求我去追方君，并让我到图书馆遇上了方君。他也在私下里跟方君多次说了我的很多优点。

他本来以为，我与方君的感情会这样一直好下去。谁知道，因为方君长相出众，在山城大学追她的男生不少，虽然都被她自己找各种理由拒绝了，但还是有一些脸皮厚的死缠烂打，其中就包括晓飞。

刚开始，他也觉得晓飞只是个普普通通的学生而已，尤其是晓飞那一副社会小混混儿的穿着打扮，他看着就烦。所以，那天晓飞来教室找我时，曾皮也看不下去，也就跟着动手打他了。

凭他曾皮在校园里的影响，应该没啥事啊，何况是人家找上门来挑衅的。

可是，没有想到，他当天下午就被一个电话叫到了保卫处。见到晓飞喊张处长"舅舅"时，他当场就吓着了。张处长的能耐，曾皮不是不知道。

没多久，方君也来到了保卫处。张处长说，曾皮当着那么多同学的面欺负同学，性质恶劣，有黑社会性质，要开除。

曾皮说，那时他才明白，晓飞被打时为什么没有还手。如果还手，就属于互殴，打架双方都会受到处分。而他没有还手，性质就完全变了，他是受害方。

可以说，晓飞来找我，就是故意激怒我，逼我动手。然后，他上报保卫处，再让保卫处把我开除出校。但是晓飞没想到，不仅我动手打他了，曾皮也动手了。

我问道："为什么保卫处只打电话让你去，却没有叫我一起去？"

曾皮说："我与晓飞没有任何冲突，直接上去就打人。性质是不是比你的更严重？"

我点了点头。

曾皮说："保卫处肯定是想先把我搞定，再把你叫去。我在说明情况时，他们有人在做笔录。我们分开去，他们更容易办事。"

"这个张处长真有手段。"我说，"方君来到保卫处，说了一些什么？"

"她听清楚情况之后，先是帮我们说话，说可能是双方有误会，让张处长和晓飞原谅我们。见张处长没有松口，她把晓飞叫到屋外说了很长时间。晓飞回来之后，又悄悄跟张处长耳语了几句。张处长就把我放了，走时还说了一句，让那个张得强老实点儿，没有第二次犯错误的机会。同时，我赔了晓飞一千块钱，这些钱还都是我东凑西凑第二天亲手交给晓飞的。"曾皮说。

"那你回来怎么没有跟我说这件事？"我问。

"我本来想回宿舍跟你说这件事，但是怕你听到这件事，在气头上又会做出什么出格的事情。正巧遇到将代常和阿东，就一起出去坐公交车抓色狼了。"曾皮说。

"那你晚上回来也没说这个事情啊。"我说。

"还有什么好说的？我回到宿舍就得知方君来找过你了，你们两个分了，而你又闪电般与赵海萍好上了。"曾皮说到这里，骂了一句脏话，接着说，"然后你就天天与赵海萍秀恩爱，一起吃饭，一起逛街。我怎么好意思打扰你呢？即使跟你说了这事，又有什么用？"

"怎么没有用？我可以去找方君啊。"我说。

"你能去找吗？你不想在这里读了？"曾皮反问道。

"有这么严重吗？"我不服气地说道。

"那你去试试！"曾皮的火气又上来了。

我一气之下站了起来，但是又坐了下去。理智告诉我，我现在还没有对付晓飞的能力，我只是个来自农村毫无背景的学生。

"如果要说感情，晓飞比你对方君好，他每天风雨无阻地到女生宿舍楼下接她上课，陪她吃饭，送她回宿舍。"曾皮说。

"放屁，方君来校第一天，我就认识她了。"我说道。

"你那也叫认识？"曾皮说，"方君不管与晓飞如何吵架，晓飞都会厚着脸皮去讨她欢心。而你呢？你们之间有误会，你主动道歉了吗？打几次电话找不到人就放弃了，只会嘴上说爱，不敢拿出一点实际行动，还算男子汉吗？"

"晓飞那就叫男子汉？一个大老爷们儿像个哈巴狗一样

去讨女生欢心，不觉得丢人吗？"我说。

"张得强，你就是太大男子主义了。你舍不得为了爱而委屈自己。说实话，我后来见到晓飞对方君那么好，我倒觉得这是正确的。他是真爱方君。"曾皮说。

"那有什么用？方君不爱他。晓飞有女朋友在贵州。"我生气地说。

"你错了。即使是一块冰冷的石头，只要用心去呵护，也会变热的。"曾皮说道，"关于他在贵州有女朋友，这是之前的事情，你怎么知道人家没有分手呢？你以为方君是个傻子吗？"

我像一头斗败的狮子倒在床上，心比刚才更疼了。

## 第二十四章　爱还在吗?

等了三天，我还是鼓起了勇气去找方君。

这三天里，我觉得自己受尽情感的折磨，赵海萍打电话给我，我找借口说正在赶着给周老板写方案。

我数次彷徨在那片樟树林，希望能见到方君，想跟她说几句话，或者准确地说，我想向她道歉，请求她原谅我，回到我的身边。

思念与日俱增，内心的愧疚和对方君情感的炙热越来越强烈。

终于，我见到了她，她独自背着书包匆匆地往食堂走去。

"方君。"我走到她跟前喊她。

她看了我一眼，面上瞬间的惊喜，马上又变成了平静，说道："你好。"

她说完站在那里。

"我想跟你谈谈。"我说。

"不用了。"方君虽然拒绝了，但是她并没有离开，而是站在那里一动不动。

"我已经听曾皮说了他那天到保卫处的事情。"我说。

"事情过去了，也解决了。"方君说。

"我知道。"我憋红着脸，终于说出了一句埋在心里的话，"我们还有可能吗？"

我盯着她，她看着我。

过了好一会儿，她说了一句："不可能。我有晓飞，你有赵海萍。"

说完，她就想走，我一把拽着她，说道："我真的喜欢你！"

"喜欢有用吗？"方君看了一眼我拽着她胳膊的手，说道，"我委屈的时候，你在哪里？我需要人陪伴的时候，你在哪里？"

"我……我……"我一时无语。

"你在与赵海萍谈情说爱！"方君的声音提高了八分贝。

"我以为你真的不理我了。"我委屈地说。

"哼，你难道一点都不懂女孩子吗？我听到赵海萍每天晚上在宿舍里说你们约会的事情，我心里好受吗？"方君伤心地说。

"我……我……"我不知道该说什么，这确实是我自己不对。

"我……我……我……我什么？"方君的眼泪都快出来了，"你说过喜欢我的，你说过要对我好一辈子的。你倒好，一个转身，就与赵海萍手牵手去江边散步，去麦当劳、肯德基吃大餐，在这樟树林里卿卿我我！"

"我没有卿卿我我。"我赶紧解释道。

"你不用狡辩了，赵海萍已经把你们的亲密关系分享给大家了。"方君说完就挣脱我的手往前走。

我一步走上去，又抓住她的手，说道："不是你说的这样，我与她最多就是手牵手。"

方君盯着眼睛看着我，一字一句地说道："放——开！"

我还想抓住，但是她的声音像一把尖刀刺进了我的心脏。看来一切都不可挽回了。

我慢慢地把手松开，看着她，进行垂死挣扎，说道："我永远等你！"

方君头也不回地走了。

我看着她的背影，眼泪不争气地流了出来，这是我心爱的人啊，而我却无能为力地看着她从我身边离开。

我大脑空白，傻傻地站在路边，望着方君离开的方向。终究，我还是没有勇气再追上去。

"得强。"一个熟悉的声音让我回过神来，是赵海萍。

"你怎么在这里？"我与她已经三天没有见面了，她见到我，欣喜地走了过来，拉着我的手。

"有点事。"我吞吞吐吐地说。

"什么事？"赵海萍笑着问。

我大脑飞快地转着，回道："有个同学让我送本书给他。他刚走。"

"哦。"赵海萍若有所思地点了点头，接着问，"等会儿有空吗？陪我去图书馆看书。"

我点了点头。

# 第二十五章　赵海萍的小纸条

我与赵海萍并排坐在图书馆看书。

准确地说，赵海萍是在抄笔记，她从一位大二的学姐那里借来一本英语听课笔记，然后把笔记一一抄录在自己的笔记本上。她说，将来不管从事任何行业，掌握一门外语都是非常有用的。如果专业学得好，将来出国进修，英语更加重要。我的英语很差，选修的日语也只能是凑合。我没有考虑学好一门外语将来如何如何，只考虑到考试时能及格。

说实在话，我与赵海萍在人生规划上有很大的差距，我的理想就是毕业后有个稳定的工作，出版几本书。赵海萍是希望以后考上研究生，成为一名城市园林设计师，所以，她非常重视英语学习。她与方君都是美术系的，美术绘画是基本功。美术系有不同的专业，有建筑设计、园林设计、服装设计等。数年后，山城大学的美术系被升级为艺术设计学院，这是后话。

我手里拿着一本汪国真写的诗集《年轻的思绪——汪国真抒情诗抄》，这是当时非常火的一本诗集。其中不少诗我都背得滚瓜烂熟，但是，我每次走进图书馆时，还是会毫不犹豫地借阅这本书。我打开诗集，翻到《热爱生命》这首诗，目光一直停留在"我不去想，能否赢得爱情，既然钟情于玫瑰，就勇敢地吐露真诚"这段文字。

我就这样傻坐着，脑海里不停地出现方君和赵海萍。如果现在重新去追求方君，那么就得与赵海萍坦白，自己内心深处爱的还是方君；如果继续与赵海萍相处，放弃了方君，是不是自己就真正放弃了想要的爱情？自己还能再追上方君吗？她还能接受我的道歉吗？晓飞肯定不会放过我，我该如何处理？

我在犹豫，既舍不得离开能带来欢乐的赵海萍，又不甘心就这样失去方君。

直到大家都陆陆续续出去吃饭，赵海萍把书本收进书包，对我说："一起去吃饭吧！"

我把书放回书架，跟着她一起走向食堂。

整个过程，赵海萍没有说话，直到我们两个都端着饭菜坐在一起吃时，她跟我说了一个搞笑的故事，说这是她刚才在英语书上看到的。

故事说，有一个人每天晚上都要等楼上邻居靴子掉在地板上的声音才能安然入睡。一天晚上，楼上邻居扔了一只靴子，但他想到这样会打扰到楼下的人，就没有扔第二只靴子，而是轻轻地放下。楼下的人苦苦地等待了一晚上那第二只靴子掉地的响声，却整晚都没有等到，最后失眠了。

其实这个故事我之前就已经听过，但是我能明显感觉出她一直想逗我开心。但是，我的心情总是开心不起来，内心太挣扎了。

赵海萍见我笑得很勉强，就说："你知道这个故事的另外一个含义吗？"

"这还有什么含义？"我之前只是把这篇文章当成笑话来看的。

"你可以想想。"赵海萍说完又低头吃饭。她坐在我对面。

"有什么可想的，就是该睡就睡，别想太多，大不了再被靴子砸醒。"我说。

赵海萍抬头看着我，说道："是的。很多事情也是这样，别想太多，想多了就是折磨自己。"

我突然愣住了。她说这句话是想表达什么意思？是在提示我什么？

我没有说话，而是低下头吃饭。

她见我没有说话，也就不说话了，也低着头吃饭。

我们在一起吃饭，第一次这么沉默。以前总是不停地谈着各种有趣的事情。

出了食堂，赵海萍说："我有点儿累了，想回宿舍早点儿休息。"

她说完，从兜里掏出一张叠得整整齐齐的纸，递给我。这应该是刚才在图书馆时写好的，只是当时我在发愣，没有留意而已。

"什么东西？"我接过来，没有立即打开，而是问她。

"我走了。你回到宿舍再看吧。"赵海萍说着就走了。

"我送你。"我说。

"不用，我想一个人走走。"她头也不回地走了，当时我能明显看出她全身都散发着失望和伤心的意味。

我并没有等回到宿舍才打开纸条看，而是等赵海萍走出不到百米远，就迫不及待地展开那张纸。

"刚才我看到你与方君在一起。我不想见到我心爱的人伤心，如果你爱她，我可以放手。如果你爱我，那么也请不要再与她有任何联系。你考虑清楚，我等你答案。"

## 第二十六章　我去见晓飞

该面对的，终究是要去面对。我决定去找晓飞当面谈谈。

这三天，我没有去找方君，也没有去找赵海萍。

向得钢曾劝慰我："赵海萍哪点儿比方君差？长相、成绩、脾气，我认为都比方君强。感情这东西在一起舒服才是最重要的，相互知心，相互鼓励，才是最合适的。"

我说："为什么我的内心对方君的感觉会那么强烈？"

向得钢说："人总是不知足，对得不到的总是充满渴望，而对已经拥有的，却总是不懂得珍惜。"

我说："你说的是你自己吧，喜新厌旧，现在与山城师范大学的白果果好上了。原来的女朋友就甩了。"

向得钢说："你错了，原来那个我是想追，没有追上，两人之间不同频。而与白果果不一样，是心灵相通。一个追不上的，我为什么要傻傻地厚着脸皮去追呢？旁边有一个对我好，同时我也很喜欢的，我要是放弃的话，我不就是傻子吗？"

我说："真正的爱情不是需要去争取的吗？"

"你懂什么是爱情吗？你根本不懂。赵海萍对你的爱情就是真爱，为了你，她都愿意主动退出。你知道最伟大的爱是什么吗？是成全对方！"向得钢为赵海萍打抱不平。

"方君为了我，做出了更大的牺牲！"想到方君为了在张处长面前保住我和曾皮不被学校开除，主动与晓飞交往。她做的牺牲不是更大吗？

　　"有可能方君根本就不想与你交往。你与晓飞比，你哪样比他强？除了比他长得高点儿帅点儿。"向得钢说。

　　"长得高与帅还不够吗？"我反讥道。

　　"能当饭吃啊？"向得钢说，"现在社会讲究的是综合能力。其他方面你能比吗？方君骂你两句，你会厚着脸皮在她面前继续嬉皮笑脸地哄她开心吗？你做不到！"

　　"我是男子汉。爱情是平等的，晓飞那种死皮赖脸的哪有男人的骨气。"我承认自己的自尊心很强，我承认自己没有晓飞那样厚脸皮，我也不屑于像晓飞那样做个令人讨厌的口香糖、黏人精。

　　"张得强，你错了。女孩子是要哄的。你这种脾气，估计也就赵海萍能包容你。不信的话，你再去追追方君试试。"向得钢见我不开窍，也不想继续与我谈论这个话题了。

　　"追又怎么啦？我就要去追。"我觉得如果失去了方君，自己会遗憾终生。

　　"你去吧！你会后悔的。"向得钢说完就离开了宿舍。

　　我到水房里面洗了脸，用梳子把头发认真梳理了一番，换了件外套，就走出宿舍楼。

　　我知道晓飞在哪里。通过这几天的观察，我已经掌握了他的行踪。

北门小街，一家咖啡厅里，晓飞正在与几个人在谈论着什么。

咖啡厅装修得非常普通，主要面对的都是大学生情侣这种消费群体，所以不像现在那些高档的咖啡厅那样装修豪华。这家咖啡厅，我之前没有来过，但是我听阿东说过，消费不高，点一杯拿铁咖啡，就可以在里面坐一下午。这对于一些情侣来说，是一个好去处。但是，咖啡厅下午这个时间段的客人并不多，偶尔有一两对情侣，有时甚至没有，到了晚上人就多了。

晓飞并没有与方君一起来，而是自己一个人来的，总会有两个人在那里提前等他，其中一个就会把一个袋子递给他，他们往往交谈十来分钟，然后那两人就会离开。大约再等十来分钟，又来了两个人，同样给他一个袋子，也跟他交谈十来分钟再离开。

他们的交谈看起来很正常，但是我总觉得他们有点神秘，神秘得让我觉得有点儿不正常。或许这是我最近每天晚上听将代常在宿舍熄灯之后讲《福尔摩斯探案集》的缘故，喜欢疑神疑鬼。

等到晓飞从里面出来时，我故意从远处走过来，装作偶遇的样子。

"真巧，我正想找你谈谈。"我挡在晓飞面前，尽管他舅舅是张处长，但是我仍然瞧不起他。

晓飞盯着我，看起来并不意外地说："你早就应该来找我谈谈了。"

"是吗？"我冷笑着说。

"张得强，你不要觉得自己有啥了不起，在我面前你什么都不是。"晓飞不屑地对我说。他拿捏住我不敢对他动手。

"我不会放弃方君。你有种的话，别玩阴招，我们公平竞争！"我盯着他说，内心里面恨不得对他再来几拳头。

晓飞听了，哈哈大笑，然后说道："张得强，虽然我不屑于与你竞争，但是我觉得这游戏挺好玩。"

"怎么？不敢吗？"我故意将他一军。

"现在开始！"晓飞说完，发出一阵笑声，那笑声里充满自信，然后他就从我身边走过去了。

## 第二十七章　原来爱还在

我以为去见方君会遇到一些麻烦，没想到居然出奇顺利，事情的发展超出了我的想象。

我去女生宿舍楼下，本来想到旁边的小卖部给方君宿舍打个电话。没想到，居然远远地看见方君站在报栏前抹眼泪。

难道与晓飞吵架了？还是晓飞把刚才我找他的事情跟她说了？

一想到她可能是与晓飞吵架，我内心不由得狂喜，真是天助我也。

我忙走过去问她："怎么啦？"

方君一见是我，赶紧用手擦了一下眼泪，说了一句："学生管理处的人要处罚我。"

"什么事情？"我一听学生管理处，觉得这事情应该不大，何况我本人偶尔还在学生管理处帮老师跑腿做事。

"你来得正好，我正想找个人帮我去学生管理处说情。"方君知道我与学生管理处的人关系还不错。

"到底什么事情？我帮你摆平！"我自信满满地说道，内心却在激动，本来想与她谈感情的，没想到遇到让我帮她处理事情，这不正好可以加深我在她心中的好感吗？

从报栏走到学生管理处，我基本弄清了方君被处罚的原因。

　　其实原因也是很小的一件事。方君吃完晚饭后，拿纸擦了桌子，然后顺手就把纸从窗户里面扔了出来，外面坡顶上的夏老师正好把这一幕尽收眼底，他从坡顶记下宿舍后，就进到里面敲响了方君宿舍的门。宿舍里就方君一个人，想抵赖都抵赖不掉。夏老师对方君的处理办法就是罚款五十元再通报到方君系里。

　　就这么一件事，夏老师要小题大做。我和方君一起来到学生管理处，我赔着笑脸请求夏老师从轻处理。

　　没想到，夏老师一看是我来替方君说情，反而来了劲儿。他说你作为一个学生管理处的学生助理，应该从严要求自己，从严要求自己身边的人，而不是自己身边的人犯了错误后跑来给他们说情，你连朋友都管不好又怎么去管别人。你的朋友带头去违反校纪校规，你又有什么理由去说服别人，你不去教育你的朋友，反而来给他们说情，助长了他们下次犯同样错误也无所谓的思想，你这种思想就是错误的。

　　我本来想通过为方君求情来赢得她的好感，没想到刚开口，夏老师居然如此不给面子，他当着方君的面狠狠地批评了我一通。瞬间，我感觉面对的是一个毫无感情可讲的人。学生管理处每次召集开会我都是第一个到会，先打扫卫生，擦桌子摆椅子，上面布置的任务尽心尽力地去做好。学生管理处出的几次板报能够评比获奖，都是我在图书馆花很多时间查资料，抄录大量信息的结果。但是，这个人，我的领导，竟是如此不讲情面。

我感觉我们再待在办公室，只会自取其辱，还会受到夏老师的更多批评，于是扭头拉着方君走了出去。

我和方君面面相觑。

方君见我尴尬的样子，不仅没有埋怨我，反而不停地跟我说对不起，说她完全没有想到这个夏老师居然如此不通人情。她主动说要请我吃饭，感谢我。

我忙说，不用你请，我请你吧。

我本来想问，你不跟晓飞一起吃饭吗？

这句话只在脑海里闪现了一下，就熄灭了。我不能主动提晓飞，我应该就当晓飞这个人不存在一样。她不提，我也就不说。

就这样，我们两个就像曾经没有闹过任何别扭一样，去食堂吃了饭。

整个吃饭过程，两人聊的都是不痛不痒的话题。宿舍里谁谈恋爱了，谁又分手了。两人都有意无意地避开提及晓飞和赵海萍。

吃完饭之后，我决定再去一趟夏老师的家里。我想白天可能夏老师因工作上面的事心情不好，晚上到他家里说说可能会好些。方君也觉得有道理。

天黑后，我带着方君去找夏老师的家。我知道夏老师的家就在校门附近，跟方君系里的唐老师住同一片区域。我们先到唐老师家打听夏老师住处的具体位置，但唐老师说他不清楚，我们只好一路打听，转了一个多小时才找到夏老师的家。那是一幢平房，外面已经很破旧了，房子前面有一条水沟，水沟上面没有盖子，里面存着大量的积水。我们跨过水沟到夏老师的门前敲门。我敲了几下，就听到里面传来了夏老师的声音，他问是哪个，我说是我，张得强。

你回去吧，我知道你来的目的，我已经休息了。

这无疑给了我当头一棒，来找夏老师说情，他却连门都不让我们进。

我们在那幢房子周围转悠。怎么办？学生管理处的林老师好说话，但是林老师到外地开会去了，黄老师平常把琼瑶的小说看得天昏地暗的，好像啥事都不管，我当了学生助理还没和她说过一句话呢。我们转来转去，找不到一个好的办法。

我说："我们再想想别的办法。"

我问她知不知道她辅导员的家住在哪里，方君说知道个大概位置。

我们走到另一片宿舍区，很快就打听到了方君辅导员的家。她的辅导员很客气地请我们到她家里坐，给我们倒了水，问了很多学习、生活方面的事情。

我们主动讲了方君从窗户往外扔纸被学生管理处夏老师看到的事，我们怕通报到方君系里后，系里会给方君处分。

方君的辅导员说这是一件小事，系里不会给处分的。方君的辅导员说她会关注这件事的，学生管理处通报到系里，她会跟系领导解释清楚的，让我们放心。

她还开玩笑说你们年轻人交往要小心些，要把心思和精力放在学习上，别玩出火了毕不了业。

我从来没有遇到过这样开朗而又通情达理的老师，她的一言一语让人感到得体而又温暖。她说到别让我们玩得过火毕不了业时，我看到她的脸也红了，但对她来说又好像劝我们喝水一样平常，又像是老师和朋友一样的善意提醒。

看来辅导员把我和方君当成男女朋友了。但是，我俩都没有向她解释，而是不停地点头说"谢谢老师"。从方君看我的眼神，我知道，爱还在。

第二天，方君主动去交了五十元的罚款，那时学校一个月补助我们的生活费才七十四元，而方君全部的费用自理。

## 第二十八章　曾经风光的往事

我没有去找赵海萍，也没有给她打电话。因为，我不知道怎样去跟她说。是跟她说对不起，请求她原谅我违背爱情的忠贞，还是感谢她这一个多月对自己的感情付出？抑或是故意硬气地说，分手吧，长痛不如短痛。这些，我都做不到。我觉得在感情方面，自己非常自私。或许就是曾皮说的，我是那种大男子主义的人。

自从陪着方君解决乱扔纸团被处分的事情之后，我与方君之间的关系有了很明显的变化。虽然我没有给她宿舍打过一次电话，但是她偶尔会从宿舍楼下的小卖部给我打来电话。电话里，也没有聊什么话题，都是简单的几句问候，然后在挂电话的时候，她都要说一句，马上期末考试了，抓紧时间好好复习。

我不给方君打电话，是怕电话那头是赵海萍在接听。而方君到小卖部打电话，肯定也是不想让赵海萍听到我们两人在通话。

这天，我下了课去食堂，远远看到方君一个人端着餐盘在打饭，没有同学与她一起吃饭。我暗自高兴，打好饭菜，立即跟了上去。她见了也很意外，就和我一起在食堂找个位子坐了下来。

方君边吃饭边问我，你当年是怎么进入学生管理处的？之前有得罪夏老师吗？

我说，这个说来话长，其实他之前对我挺好的，只是上次为了你那件事，不知道他哪根神经搭错了。

方君说，你说说加入学生管理处的事情听听。

我想，正好要找个话题聊天呢。于是，我就跟她讲了之前的事情。

大一时的一个晚上，隔壁阿加喝醉了酒来找我，我劝说半天后把他送了回去。我刚躺下，他又在外面敲门，宿舍里的兄弟们都在烛光里看书，阿加进来肯定又是一番闹腾，会影响别人学习的。我在里面不出声，我的意思是让他感觉我已经睡了，他就会知趣地离开。但是在一阵比一阵声高的敲门声中，阿加用脚把门踢坏了。

损坏公物是要受处分的。

第二天早上的第三节课，我们回宿舍拿书的时候，学生管理处的老师就找到了我们宿舍。

早上起床的时候，我就找钉子把门板钉上了，但是从外面过道一看，就知道是刚弄坏的。

夏老师站在门口，问我是怎么回事。我说是早晨我关门时，里面原来钉上去的那块木板和门框全部掉了下来，我就找了钉子，用哑铃当作铁锤，把门钉成这样了。

不过，夏老师不是这么好糊弄的，他怀疑是我们打架时用脚踢坏的。

夏老师又问，里面的门框怎么会掉下来。我说那门本来就是坏的，里面用一块木板拼在一起钉上去的，我关门时用的劲大了一点，那块木板一掉，整个门框都掉了下来。

我说的其实也是有道理的。我们搬进来时，宿舍下面的门框里面就拼了一块木板从里面钉上的，这足以说明这门本来就是坏的，阿加昨晚踢下来的正好也是那一块。

夏老师说门坏了应该上报到学生管理处，让学生管理处找人来修，而不应该自己瞎搞，破坏公物学校要处理的，而且还要赔偿。

我本来想和夏老师说说好话，一块本来就坏了的门也不值钱，我愿意赔偿。但是我听着夏老师说话语气不太好，于是心里就有些不舒服，我的语气也不由得硬了，说："我关门的时候门掉了下来，当时马上就要上课了，我到哪里去给你们报告，门开着丢了东西谁负责？"

他说："那你也该让管理楼层的师傅来修，自己瞎搞成什么样了！"我说："我怎么瞎搞的，我急着去上课，你说我应不应该把门钉上？你们以前也没给我们讲过，门坏了要找你们修啊！"

他说："门口的墙壁上那么大的一块黑板上写得那么清楚，你闲着没事的时候怎么不去看看？"

我越听越气，门口的墙壁上确实是挂了一块写了红字的板子，但是平时大家都不会去看的。再说了，就山城这天气，天天雨雾蒙蒙的，就是门口天天开着灯也不一定看得清楚。

我回答他说："我没看过，但是那个板是你们挂上去的，那上面哪一条规定门破了自己不能修？"

夏老师一听像子弹卡在枪里一样嘴里"啊啊"地说不出话了。但是他还站在门口，于是我拿着书对他说："我要关门了。"他只好退出宿舍，我关了门就去上课了。

中午吃饭时，阿武被宿舍区经常转悠的那个穿着一身警服的老头叫到学生管理处去了。

他回来说是学生管理处的那个夏老师叫他去问门的事，他说夏老师问他的时候他说昨天晚上自己睡着了，不知道。

下午阿东也被叫去了，他回来说还是问门的事，他也说睡着了，不知道。看来这个夏老师是要找证据收拾我了。

同宿舍的兄弟们，我是心里有底的，之前就发生过类似的情况，我们都相互隐瞒。

我们刚来山城大学时，宿舍区晚上经常有人起哄，所有的楼都在敲碗、敲盆、摔东西、放鞭炮。有天晚上，我兴奋地点燃了一卷报纸在宿舍窗口挥舞了几下就扔出了窗户。

十一点后沸腾的宿舍区安静了下来，宿舍里的兄弟们都点起蜡烛躺在了床上。我们宿舍的门被敲开了，进来几个老师模样的人，他们一进来就问往窗外扔点燃的报纸的人是谁。

我一听就完了，那人就是我啊！我只能顶着牛皮不认账，如果我承认是自己点的火，肯定要被他们拉到学生管理处批评教育，弄不好还要背一个处分。

一个老师走到我身边问我，我说我不知道。那个老师又问了几个人，兄弟们都说不知道。阿武睡在我上铺，一个老师刚走到他的床前他就一口吹灭了蜡烛。

那位老师又问我知道不知道，我拿起手里看了一半的书对他说："我这本书都看了这么多了，我哪里知道谁在点火。"

几位老师问不出个所以然，就出去了。我当时拿着点燃的报纸在窗前挥舞的时候，兄弟们都在窗前大呼小叫的，谁不清楚啊。

第二天，那几个老师又来过几次，兄弟们统一口径，都说不知道。第三天，一个小个子老师又来问过一次。第四天，就没人来了，这几个老师都是学生管理处的，那个小个子的老师就是夏老师。从这件事可以看出宿舍里的兄弟们是完全值得信赖的。

没想到这次夏老师不想放过我了。第二天，我就被穿保安服的那个老头叫到了学生管理处，夏老师也在里面。

这个老头平时穿着一身保安服，嘴里叼着一个烟斗，早上在女生宿舍门前晒太阳，下午换一下报栏里的报纸，成天没事干，就是一个闲人。学生管理处用了两间女生宿舍，外面一间出租给一个校外的女人当电话间，其他人在里面的一个房间里办公。外面这间有一扇门通到女生宿舍里面，班里的女生说那老头经常天不亮就打开那扇门到里面去提水。

还是关于那个门坏了的事情。

夏老师问我门是怎么破的，我说门本来就是破的，只是我关门时用的力稍大了一点，门就破了，我急着去上课，自己拿了哑铃钉门时，把门框砸坏了一点儿。

夏老师说门坏了应该报到学生管理处由他们出面找人修，而不是私下自行修理。

我说门破了一个洞，我急着去上课，哪里有时间报给他们，况且我昨天听了你们的说法之后才知道不能自己修的。

就这几句话，在学生管理处，我和夏老师面前反复地说着。一个拿着饭碗的学生进来了，这个学生一进门就说："有一根电线吊在我们宿舍窗口好几天了，也没人来收拾一下，也不知道你们是做什么的。"

夏老师说："你反映情况，我们很高兴，但是你说话的这种口气确实要不得，你怎么这样说话？"

"怎么讲，你要我怎么讲，电线吊了好几天了，万一漏电，电死人了，你们哪个负责？我还想问你们一下，你们一天到晚到底做了些什么事情？"那个学生又说。

夏老师说："你怎么这样说话？我们一天做了什么事情要对你讲吗？"

"我是来问你们一下，你不说就算了，电死人了，我就向学校说去，到时候别怪我没有对你们讲。"那个学生一说完扭头就走了。

夏老师一脸怒气，一转身看见我正对着他微笑，说了一句："你先回去。"我就从学生管理处出来吃饭去了。

全天，我去饭堂时都看到三宿舍 517 窗口有一根电线垂在窗前，无风的时候直直地垂着，有风的时候就随着风摆动。

我又被穿保安服的老头叫去了。学生管理处总共四个人，夏老师、林老师，还有一位姓黄的女老师，再就是那个穿保安服的老头。

我几次进学生管理处，都看到黄老师在埋头看书。一次，我故意靠近她，看她看的是什么书，却没有看到，这次我一进去就站在她的边上。

林老师向我问话了，他五十多岁，脸白白的，鼻子尖尖的。他对我说："门已经坏了，这件事已经发生了，而且这件事是因为你不小心用力过猛而造成的。你说对不对？"

我又要说门本来就是坏的，我急着要去上课一类的话被林老师打断了。

他说："你说的这些，我都已经听过了，现在的问题是这件事已经发生了，而且发生在你的身上。你说对不对？"

我无言以对。

"既然是发生在你的身上，我们就应该找一个解决的办法，你说对不对？"林老师接着说。

我没说对，也没说不对。我沉默了。

"你这样一直推托，影响了你的学业，也影响了我们的工作。"林老师说。

林老师说得很对，我现在一看到穿保安服的老头就远远地躲开了，晚上宿舍门一响，我条件反射一样就想往外跑。我张得强平时再怎么吹牛，在学校的老师面前，尤其是在那些能处分我、决定我考试分数和能不能留在山城大学的老师们面前，我是不敢张扬的。

林老师的话很委婉，他不像夏老师那样盛气凌人又没水平，而是把我放在和他同样的高度和我说话，我心里也想早点儿把这件事了结了，就点了头。

他说："门板是你用力过猛时摔下来的，对不对？"

我点了一下头。

他又说："门板摔下来，你又用哑铃砸碎坏了的门框，对不对？"

我又点了头。

他接着说："既然你点了头，就说明你承认了这件事，你既然承认了这件事，就要承担责任，我们要对你进行罚款，你要交十元钱的修门费。"

我心里释然了，十元钱。这样的处罚我是完全能接受的，我一直担心要罚我一两百元和全校通报批评。

几天后宿舍前面的报栏里贴上了一张大红纸，内容是学生管理处要招聘对工作认真负责，积极肯干，吃苦耐劳，具有一定写作能力的学生助理。我认为自己的条件完全符合，就到学生管理处去报名。

我一进去，林老师看到我很高兴，他和我开玩笑说："我们都是熟人了，你来我们热烈欢迎。"

几天后又一张纸贴出来了，我的名字排在十名同学的最前面，我成了一名学生管理处的学生助理。

很快，学生处召集我们到行政大楼一间会议室开会，会议室四周的墙壁上镶着四角形的棱锥，一排排地从墙壁上凸出来，给人一种威严、肃穆的感觉。

夏老师给我们每人发了一个笔记本、一支钢笔、一个聘书。学生处处长讲话了，他说："你们十个人是从全校几万人里面精心挑选出来的，你们应该感到光荣自豪，因为你们身上的责任重大。"

处长讲完后，副处长又讲了话，副处长讲完两人都说还有一个会要参加就走了。

我还没弄清楚我们需要做什么工作时，夏老师开始发表讲话了，他又说了一些能担任学生处学生工作助理是我们的光荣，我们应该肩负起这种光荣而又艰巨的任务之类的话。

我听完他的讲话后，还是没弄明白我们担任了学生工作助理到底要我们做什么。

夏老师说完后要我们自由发言，我举手提出了刚才的想法。他说："就是要你们及时了解身边同学的一些动向，同学中间有哪些想法，有什么活动，这些想法和活动在没有付诸实施之前就上报给我们。"我算是明白了，我们的任务就是"打小报告"。

几天后，我写的一篇关于山城大学招聘学生担任学生助理的新闻稿在《山城日报》《山城晚报》《教育导报》《中国教育报》等全国十几家报社刊刊登出来了。

我们开会的时候，夏老师表扬了我，在路上看见我老远就和我打招呼。

我们辅导员在一个星期六的下午叫我到系办公室，他第一句话就表明已经知道我在学生处担任了学生助理，他要我在开展工作时以自己的同学、自己的班级、自己的系为重，什么该做，什么不该做，哪些话该说，哪些话不该说要我在上报学生处时要先跟他商量。

我当着他的面说："请您放心，我绝不会做有损于同学、班级、系里的事。"

方君听完之后，说了一句："这种工作不做也罢，对学习没有任何帮助。"

我说："是的，以前我见到夏老师毕恭毕敬、客客气气，从那天他不给我面子开始，我就没搭理他了，准备干完这一学期，明年开学就不干了。"

方君说："你表现不好，说不定他还不让你干呢。"

我说："求之不得。"

吃完饭之后，我想送方君回宿舍，她说有点儿事。

我正想问是什么事情，发现晓飞在不远处正跟人说话，应该是没有留意到我们。而方君肯定是要去找他。

我的内心一下子变得复杂，觉得自己能战胜晓飞夺回方君，但又觉得自己与方君在一起像是偷偷摸摸的。我既想让晓飞知道我与方君在一起，又不想让他知道方君与我在一起。从未有过的矛盾，像一块巨石压着我，让我喘不过气来。

## 第二十九章　神秘的晓飞

这几天我都从那个咖啡厅附近经过，每次都能远远地看到晓飞坐在那里，分批与那些人见面，仍然是每次见面之后，对方递给他一个手提袋。我觉得事情可能真的不简单，决定了解清楚。

晓飞认识我，另外那几个人是不认识我的。我决定分别跟踪一下那几拨人，看看他们到底是干什么的。

天气越来越冷，我穿着厚厚的棉服，又戴着帽子，装作若无其事地跟着那几个人。穿过北门一条街，就是一片城中村，这里有不少网吧、游戏厅、麻将馆，还有各种小旅馆和小餐厅。

虽然这一片离我们学校并不远，从北门一条街步行十几分钟就能到，但是我也只是与曾皮来过两三次而已。用曾皮的话说，这里鱼龙混杂，什么人都有，治安比较乱，咱们是学生，还是要远离这里，万一在这里惹上什么事情就麻烦了。

我装着一副对这周围环境很熟悉的样子，假装无所事事地闲逛，实则是与那两人既要保持距离，又不能让对方发现。就这样，那两人很快就走进一家卖烟酒的小店。我站在远处看了将近半个小时，出出进进有三五个顾客去买东西，但是没有见到那两人出来。起初，以为他们两个只是进去买烟，难道这个小店是他们的居住地？我不想再等，想进去确认一下。

于是，我就假意进去买东西。进门一瞧，这是一个大约二十平方米的小店，就一个售货员，没有别人。左边靠墙的货架上摆着各种各样的白酒，前面有一个玻璃柜台，里面摆着各种各样的香烟。那个售货员是一个三十来岁的女人，坐在那里，抬头看了我一眼，又继续低头看手里的报纸。右边靠墙的货架上摆着一些饮料、糖果、瓜子之类的，收拾得很整洁。但是在进门的对面，却有一道门，是关着的。看来那两个人是通过这道门去了别的地方。

我假装在右边货架上翻翻找找，然后问有老干妈辣酱吗。

那个女的说没有，马路对面超市有。

我说了句谢谢，就走了出来。

我并没有去对面超市，而是沿着马路直接往前走，然后绕道回到了学校。看来自己跟踪这两个人不是明智之举。他们只要进入任何一间屋子，我都没有理由进去找他们，倘若他们真是从事违法活动，那我自己也很危险。

晓飞作为一名大一的学生，来到学校才不到一学期时间，居然与外面的人混得这么熟，看来不仅仅是因为他有个身为保卫处处长的舅舅，肯定还有什么不可告人的秘密。我计划暗中跟踪他，看看他那个提包里面有什么。

## 第三十章　晓飞没有与原来的女朋友分手

我回到宿舍把对晓飞的观察跟曾皮说了，曾皮听了两眼冒光，他说晓飞肯定在做什么见不得人的勾当，要把他的老底翻出来，让他滚蛋，一洗自己那天在保卫处的耻辱。

于是，我们两个商量对策，经过各种讨论之后，决定让阿武帮忙调查晓飞。阿武这个人老实本分，看起来憨憨的样子，话不多，但他是学生会卫生部干事，负责检查学校教室、食堂和宿舍楼卫生。他可以自由出入各栋男宿舍楼和各教学楼，让他暗中观察晓飞为什么与那些人接触是再合适不过了。

晚上等阿武回到宿舍，我们把想法告诉阿武，他一口答应，说为了兄弟，他一定会把晓飞调查个底朝天。

第二天，阿武就告诉我们一个好消息，晓飞那个在贵州的女朋友，一直没有和他分手。

阿武说事情比他预料得简单得多，晓飞有个舍友正好也是学生会卫生部干事，于是他就与那个人一起闲聊，很快就套出晓飞的一些情况。晓飞在中学时就谈了女朋友，两人感情很好，只是高考时，一个考到山城，一个去了贵州，但是两人经常通信、通电话，卿卿我我，说的话都很肉麻。

晓飞在贵州有女朋友这个消息之前就听方君说过，当初方君就是觉得晓飞想脚踏两只船，觉得他比较可恶，才没有搭理他。但是，现在他与方君确定了男女朋友关系，却仍没有与原来的女朋友分手，那就非常不地道了。我其实早就应该想到这点，从这个方面去阻挡他与方君的感情继续发展。

阿武还说，晓飞做生意赚了不少钱，但是具体做什么，不太清楚，那个人与晓飞关系一般，所以没有去关注他到底在做什么生意，但是他答应最近留意一下，有消息就告诉阿武。

曾皮说，看来这个晓飞比我们想象中还要复杂，这更加激起了他调查晓飞的兴趣。

我让阿东帮忙给方君宿舍打电话找方君，电话那边说方君去晚自习了，还没回来。

我让阿东帮忙打电话的原因就是避免遇到赵海萍接电话的尴尬，她能听出我的声音，当时她不知道阿东是谁，阿东在电话里也不会告诉对方自己是谁。

快期末考试了，很多人都在临时抱佛脚，方君也不例外。她不在自己的教室看书，就会在图书馆看书。我决定立即去找她。

我先跑到她的教室去看，发现教室里坐了不到一半人，应该是有不少人回宿舍了，没有看到方君。我又赶往图书馆，透过图书馆的窗户一一去查看，仍然没有找到她。

难道她回宿舍了？我决定往她宿舍楼方向走，到楼下小卖部打电话让她下来。为了快点赶过去，我走了樟树林那条道。

"张得强!"我还没到樟树林,就听到熟悉的声音,是赵海萍。

我扭头一看,路灯下清清楚楚地看见赵海萍旁边站着一个比我还高大帅气的男同学。

"你好!"我有点尴尬地向赵海萍打招呼。

她很自然地拉着那个男生的手说:"杨涛。"

我知道她是向我炫耀她的新男朋友,就向杨涛礼貌地伸出右手说:"我叫张得强,中文系大二。"

"我是体育系大四。"杨涛也很礼貌地与我握手。我能感觉到他那只手有一股很强的力量。

"你要去找方君?"赵海萍一眼就看出我的意图。因为往这个方向走,肯定是去她们宿舍那边。

既然她已经有男朋友了,那我也就干脆坦白了,就说:"是的。"

"刚看见她去那边超市了。"赵海萍边说边用手指了指不远处的超市。

我笑了笑说:"那我走了。"

我说完就头也不回地向超市走去。此时的内心却空荡荡的,像丢失了什么重要的东西,失落感笼罩着全身。那天赵海萍递给我纸条之后,我没有去找她,她也就没有来找我。我本来认为两人这样默默地分手,也是挺好的,至少不要亲口对对方说出"分手"这两个字。我以为她在我心里的印记会随着时间的推移而慢慢消失，可是没有想到，刚才见到她时，尤其是看到她牵着杨涛的手时，自己的内心却像被扎进了一把利剑。

我沿着小道向超市走去，此刻，我不知道自己到底是为了什么。赵海萍的身影在内心又猛然放大，一边是方君，另一边是赵海萍，左右摇摆着，我不知道到底哪头重哪头轻。

我到了超市门口，正遇到方君拎着一大袋东西出来。

"你怎么在这里？也来买东西？"方君很惊讶。

"来找你的。"我说。

"那你怎么知道我在这里？"方君说。

"赵海萍告诉我的。"我实话实说。

"哦。她谈了个男朋友，长得很帅。"方君说。

"我见到了。就在刚才，在樟树林。"我说。

"哦。找我有什么事？"方君说，"快考试了，我有两科担心会挂。"

我直截了当地说："我想跟你谈谈晓飞。"

"怎么啦？他最近在勤工俭学，也挺忙的，我与他已经好几天没见面了。"方君说。

"他与贵州那个女朋友一直没有分手。"我边说边盯着方君，想看她有什么反应。

"这事啊，我知道啊！他跟我说了，他俩是知心朋友。"方君听了很淡定地回答。

知心朋友？男女之间会有纯友谊吗？肯定是骗人的。我想好的一大堆评判谴责晓飞是骗子的话本来想说出口，但看到方君那云淡风轻的表情，想说的话还是憋在肚子里了。

"哪有什么知心朋友。你了解他吗？"我问了一句无脑的话。

"晓飞在勤工俭学，你知道吗？"方君没有回答我的问题，而是反问我。

"不知道。"我说。

"晓飞在初中时经常逃课打架，是典型的社会小混混儿，初中三年时间被五所学校开除，基本是一学期换一所学校。到了初三上学期被开除时，没有一所学校愿意收他，他自己说后来即使他爸爸找了关系让校领导愿意接收他，但是没有哪个班主任愿意接收他。没有哪位班主任愿意要一个调皮蛋，更不愿意在临近毕业时有人来拖后腿。他爸爸对他已经失望了，都打算让他去沿海工厂打工了，但是他妈妈没有放弃，就带着他一个班级一个班级地去求班主任接纳，各种承诺保证，但是没有一位班主任点头。晓飞说他看到他妈妈低三下四地向班主任鞠躬，说尽各种好话，就差下跪磕头，他瞬间懂事了，他当时心里想只要有班级愿意接收他，他一定踏踏实实学习，不再给他妈妈丢脸。"方君边走边说，我伸手帮她拎着购物袋。

"这与他有女朋友有什么关系？"我只对晓飞有女朋友这事感兴趣，他那一副打扮谁看都知道是在社会上混的。

"你听我说完。"方君说，"当他与他妈妈走进最后一个班级，最后失望地离开时，一个女生跑了过来对他们说，我帮你们跟班主任说。他和他妈妈将信将疑，校长都没有说动班主任，她一个学生就能有这么大能耐？晓飞说当时他觉得这女生是在开玩笑，但她那真诚清澈的眼睛告诉他，她没有骗他们，她是认真的。于是他与他妈妈跟着女生又去找那班主任。"

"这个女生就是那个贵州的女朋友？"我忍不住问了句。

"张得强，你这个人最大的毛病就是喜欢打断别人说话。你闭嘴，听我说完。"方君虽然是在埋怨我，但是说话的声音还是很温柔。

这确实是我的毛病，有点自以为是，后来在工作中也因为这种打断别人说话的毛病惹来了不少麻烦。当然，在吃过一些亏之后，这个毛病也就改掉了。

"那个女生是班长，她对班主任说给晓飞一次机会，如果不给的话，可能就毁掉了一个人的前途，同时她愿意与晓飞同桌，监督他、督促他学习。而晓飞自己也在不停地承诺一定会遵守纪律好好学习，并且写下了保证书，若发现一次违纪立马开除。班主任心一软，就答应了。从此这个女生就与他同桌，不仅监督他学习，还主动帮助他补习功课。没想到，在那个女生的帮助下，晓飞成绩明显上升，中考时与那个女生一起考进了他们当地的一中高中，只是那个女生进的是重点班，晓飞是以刚刚过线的成绩进了普通班。"

方君说到这里，我又想插嘴说话，刚想张嘴，怕她批评，就又把话给咽了下去。

方君正好扭头看到我欲言又止的样子，就问："是不是很励志？"

我点了点头。

"你说话啊，哑巴啊。"方君笑着说。

"你不让我说。"我故作委屈的样子。

"你傻啊。"方君说着就笑了起来。

"确实很励志，很感人，可以说是这个女生让晓飞重新做人了。"我说道。

"差不多是这个意思吧。没有这个女生，他肯定不是今天的晓飞。"方君说。

"然后呢？"我想了解后面的故事。

"然后，高中三年，晓飞学习很努力，与那个女生也经常联系，遇到不会的题也会去找她帮忙讲解。后来两人都考上了大学。"方君说。

"晓飞成绩比那女生差，他怎么就考进了我们山城大学，而那女生却只进到贵州那所学校呢？好像我们学校比那学校厉害，录取分数高些。"我疑惑地问道。

"亏你还是山城大学的学生。晓飞报的是艺术特长专业，跟我一样，我如果不是考美术特长的话，我也进不了山城大学。"方君解释道。

我傻笑了一下，这么简单的道理，自己怎么就没有想到呢？特长生的录取分数是要低很多，而晓飞读的这个专业正好是我们学校新设立的专业，学校估计是担心填报志愿的人少，录取分数线相对来说设的偏低。这么说的话，他算是捡漏进来了。他那个在这里当保卫处处长的舅舅，要打听学校最新相关招生政策，那是再容易不过的事情。

"能通过艺术特长考试也是不容易的。"我给自己找了个台阶。

"晓飞是到了高中才学特长，算比较有天赋。艺术这个东西，有时真的要靠天赋。"方君说。

"这是夸自己天赋好吧。"我笑着说道，方君考进山城大学的特长分数很高。

"算是吧。我真正学画画的时间才两年。考试时，有些小学就开始学画画的同学，却没有我高考分数高。"方君毫不谦虚地说。

方君说的还真有些道理，就拿我们写文章来说，曾皮就是属于非常有天赋的，我是属于那种有一点点天赋的，而向刚强、将代常他们就属于毫无天赋的，一说写文章就头痛。

"你总是打断我说话，话题扯远了。"方君说，"两人拿到录取通知书之后，那个女生主动向晓飞表白，说晓飞是一个很好强的男孩，骨子里有一股韧劲。但是晓飞起初是拒绝的，因为这个女生从各方面都比他优秀，不仅长得漂亮，读书成绩比他好，而且家境也非常好，女生家里有好几家大超市。晓飞的父母是下岗工人，靠在路边摆摊维持生计。"

"都是下岗工人，还有钱去学艺术？"我又插嘴了。

"再苦不能苦孩子，再穷不能穷教育。我也问过这个问题，其实跟我们两家的想法一样。如果不考艺术专业，可能只能考个专科学校。我家与他家一样，都是决定在教育上赌一把。"方君说到这里，看着我笑着说，"这不就赌赢了嘛。"

我听到这里，心里咯噔一下，方君现在提到晓飞时语言里充满着甜蜜感，难道就是因为他们有相同的家庭条件，有相同的高考特长生的经历，相互产生了共鸣？

我正在思索时，方君说："你又打断我说话了。张得强，你很讨厌。"

确实，这是我常犯的毛病，我只好尴尬地笑了笑，说道："你继续说，我洗耳恭听，再不插嘴。"

"那个女生回到家茶饭不思，生病了，她妈妈就给晓飞打电话约他出来见面。她妈妈对晓飞说，她是独生女，是心肝宝贝，她希望晓飞能去劝劝她女儿。晓飞把自己的心里话说给女生的妈妈听，女生的妈妈觉得晓飞很懂道理，就说，她不建议晓飞与她女儿现在就谈男女朋友，等以后大学毕业了，如果晓飞能找份好工作，她到时会支持两个年轻人在一起的。"

方君继续说，"晓飞知道这是女生妈妈的缓兵之计，她家肯定是看不上晓飞的，两个家庭的条件很悬殊，晓飞对这个女生是那种感恩的好感，不是男女朋友的好感。他自己说，他只要见到这个女生或者想起这个女生，他内心生出的是感激，却没有一丁点儿那种情侣之间的情愫。"

"不可能吧？他们通电话时卿卿我我，很肉麻的。"我还是没忍住又插嘴了。

"你怎么知道的？道听途说吧？他与那女生之间的信他都给我看了。"方君说，"我相信晓飞说的话。他与那女生达成共识，一起努力，他对那女生说，你为什么喜欢我，是因为你还没有遇到更优秀的人。我们现在是好朋友，如果等到了大学毕业，你还认为我比你周围的男生更优秀，那我才有自信与你交往。"

我听了方君这样说，内心不由得佩服晓飞，他太成熟了。

方君说到这里，看了我一眼，见我没有说话，就又接着说："晓飞跟我说，她那么优秀，到了大学肯定有不少男生会追求她的，不缺比我晓飞优秀的人。她对我晓飞有恩，应该让她遇到更好的人。我也不能因为感恩，而放弃追求自己的爱情。两人在两座城市，时间长了两人的感情也会慢慢变淡的。"

"所以，他就厚着脸皮来追你，又使阴招让我不敢来追你。"我说。

"刚开始我见他留个黄头发，不像个好学生。没想到真正接触之后，发现他是一个非常上进的人。艺术生，有点自己的个性不是很好吗？"方君说。

我的内心又咯噔一下。我本来是来谴责晓飞的，没想到，居然听了一通夸赞晓飞的话。

我张得强岂是甘心认输的人，说道："不管如何，他脚踏两只船，就是不对。"

方君看着我，说道："刚才说了这么多，你还没听明白？他与那个女生只是非常好的朋友，不是男女朋友。"

"他肯定是骗你的。"我决定作"垂死挣扎"。

"我看了他俩之间的来信，我相信晓飞。"方君说到这里，看已经快走到女生宿舍楼了，她站在路边，对我认真地说，"张得强，你缺少自信。"

我一下子惊愕了，我缺少自信？我觉得自己是个内心很孤傲的人，我还会缺少自信？

"你表面上看起来是一个很自信很阳光的人，但是你的内心深处却不是这样，你总喜欢去与别人比，渴望比别人强。"方君说。

我正想开口反驳，她又说了："你可以说这是争强好胜。但真正好强的人，都是在偷偷地努力。你最多是停留在嘴上说努力。晓飞为什么要勤工俭学？因为他家里条件差，跟我的家庭一样，跟你的家庭也一样，我们三个人的家庭没有很大的区别。但是他非常努力，不靠亲戚帮助，他的学费和生活费，都是他自己挣来的。而你我都没有这个本事。"

方君的话像一把尖刀扎进了我的心里。没错，我说过无数次要成为一个优秀的人，但是我付出实际行动了吗？我没有坚持去做好任何一件事情。我的家庭也很普通，虽然想过勤工俭学，也去做过兼职，但是我没有做到赚钱和学习两不误。

正当我尴尬得脸都红了时，她说："张得强，我与晓飞其实只是普通朋友，他跟我说了他与那个女生的故事，我跟他说了与你的故事。任何人之间的感情都是要用心来维护的。马上要考试了，你好好复习。"

方君说完，就从我手里接过购物袋，向宿舍楼走去。

我看着她的背影，脑海却一下子变得空白，我没明白她这句话到底是什么意思。

……

为了某些时刻的谎言，

我们岂止等了半天，

即使等待一生也觉应该。

那时我看到茶园外的市民，

在光与影的时光里匆匆一闪。

那时我看到一些美丽的错误，

成长在今天的生活里，像一束沾满毒汁的玫瑰，

充满了诱人的芳香，引你向前

……

——曾皮《成长：献给我的青年时代》诗集摘选

## 第三十一章　与赵海萍见面

一直到期末考试，阿武那边并没有传来关于晓飞的新消息。期末考试很重要，谁也不敢大意，阿武开始将主要时间用来复习功课，只是偶尔帮我们去打听。而我总是会有意无意地经过那个咖啡厅，晓飞与那几个人是雷打不动地每天准时出现在那里。

自从那天与方君见面之后，我也在反思她说的话，总结出来，男人只有自己优秀了，才能有能力去追求和保护自己喜欢的人。自己喜欢方君，就应该努力学习，自己优秀了才能创造出好的条件，才有资格与晓飞竞争，才有条件给方君幸福，"两情若是长久时，又岂在朝朝暮暮"。

考完了，宿舍里的人陆陆续续地开始离校回家，现在只留下我和将代常。我的票离回家时间还有三天。这是学校学生管理处帮大家订的火车票，由于春运已经开始，买票的人多，所以同学们买到的车票，有早有晚。预订车票时，我给方君打了电话，她说还没报名订票，在这边还有些事情，可能要晚一点儿。

我能明显感觉到，我与方君之间是有感情的，我喜欢她，她喜欢我。但是我们两人自从那天谈话之后，明显感觉到都在压抑着内心的冲动，在小心地经营着，生怕出现什么意外让这段好不容易重新好起来的感情遇到打击。

我想，这就好像一个人之前拥有了某个好东西，没有珍惜，等好东西丢失时才后悔莫及。可是没多久，好东西又回到自己手里来了，内心就非常激动非常兴奋，就处处小心谨慎，非常害怕再一次丢失。我与方君之间的感情应该就是这样吧。

我给方君打电话，还是赵海萍接的，我问了一句："你什么时候回家？"

赵海萍说："明天就走，你呢？"

"哦。我还要等三四天，票买得晚。"我说。

"今晚我们一起吃饭吧。"赵海萍突然提出。

"这个……"我不知道应该如何去拒绝，她已经有了新男朋友，而我与方君之间虽然不是情侣，但也已经表明要与晓飞公平竞争。

"方君出去了。"赵海萍知道我来电话的用意，又补充了一句，"晓飞约她出去的。"

我听到这里，心里极不舒服，立即回答："好的，我们在樟树林见，一起去北门一条街那边吃饭。"

说完之后，我感觉自己像是有一种报复的感觉。

我走到樟树林的时候，赵海萍已经在等我了。她的宿舍离樟树林相对近些。

"你没约杨涛？"我故意问她。

"分了。"赵海萍轻描淡写地说。

"分了？这么快！"我听了大吃一惊。

"刚好谈了一个月。"赵海萍说，"比跟你谈的时间少那么几天。"

我与赵海萍就是这样，两个人在一起可以无话不谈，总是给对方一种轻松、舒服的感觉。

我尴尬地笑了笑，问道："分手的理由是什么？"

"分手需要理由吗？你跟我分手的时候，给出理由了吗？"赵海萍看着我，脸上露出的微笑，或许就是嘲笑。

我挠了挠头，在感情上，我确实很自私，没有给人家一个交代。

"他想留在山城，他系里一个教授把朋友的女儿介绍给他，对方家里条件很好，说有能力在他毕业时把他安排进山城一家好单位。"赵海萍轻描淡写地说。

"他亲口跟你说的？"我问。

"是的，但也不算是。"赵海萍说着指了指樟树林，接着说道，"上周我们在这里散步，被那个教授看到了，那个教授当着我的面跟杨涛说要注意影响。等教授离开之后，我问杨涛，他就一五一十地把情况都说出来了。"

"脚踏两只船。"我脱口而出。

"也不算是，教授给他牵线，他与那女生刚见过一面。他说那天来这樟树林就是准备跟我谈分手的。"赵海萍说。

"那是他遇到了教授才跟你这么说的。说不定他就想脚踏两只船。"我说这话的时候，脑海里却浮现出方君的影子，方君也算这种人吗？

"他走他的阳关道，我走我的独木桥。好聚好散，我没有心思去纠结这些。"赵海萍说。

"说白了，还是不够爱。"我补充了一句。

赵海萍听到这句话，问了一句："你也是这样的吗？"

我瞬间脸红，自己对赵海萍也是这样的吗？如果不是，那么为什么要悄无声息地离开她呢？我忙说道："我们的情况不一样。"

"张得强，你心里想什么，我还不知道？"赵海萍并没有计较这些，这就是我喜欢与她在一起聊天的原因，我不必担心自己说错什么话，也不必担心她会埋怨我，她好像可以包容我的一切，包括说错话、做错事。

我尴尬地笑了笑，说道："不提这事了。晚上想吃什么？"

"当然是吃火锅啦！今天要狠狠地宰你一顿。"赵海萍说。

"好呢。反正我钱不够的话，可以留下给店里刷盘子洗碗。"我笑着说。

"好，你说的！"赵海萍笑着用手轻轻地拍了我一下肩膀。我感觉十分受用。


吃火锅的整个过程，我与赵海萍一直在聊老家过年的趣事，聊自己老家过年的一些习俗，聊给七大姑八大姨拜年时应该说什么吉利话，等等，反正聊得很开心。这是从那天在食堂门口她递给我一张纸条，两人分开之后，我们聊得最开心的一次。

这是我与方君在一起从未有过的。晓飞没有出现时，我与方君在一起，生怕说错一句话，每句话到了嘴边都要再想一想有没有说错，担心某句话会引起她的不快。当晓飞出现之后，而且自己依然决定公平竞争时，发现自己总是有意无意之间拿自己与晓飞去进行对比，由开始对比身高相貌，到对比家庭背景，再到后来对比谁更有上进心。这种压力，有时像一块巨石压得我喘不过气来。但是，内心里面却又不想放弃，反而有种一定要战胜晓飞的强烈欲望。

出了火锅店，经过樟树林时，赵海萍忽然靠近我，牵着我的手。我手一抖，习惯性地想躲闪，但还是鬼使神差地与她的手牵在一起。两人从刚才的有说有笑，瞬间都变得沉默起来，就这样牵着手在樟树林走着，向女生宿舍楼的方向慢慢走着。

我脑海里不断地闪现与她谈恋爱时的场景，想起两人拥抱在一起说着情话的样子，想起第一次主动吻她时的样子。但我的脑海又不断地出现方君的身影。

我不知道自己到底该怎么去做，我不知道自己在爱情方面是滥情，还是多情。我甚至在想，赵海萍如果是方君的话，那该多好啊！或者说，与方君能像赵海萍这样相处，又该多好啊！我终于尝到了"鱼和熊掌不可兼得"的苦果。

如果我与赵海萍这样继续牵手走的话，算不算两人重归旧好，算是在谈恋爱？而目前我与方君之间又算什么？很明显，我只是方君的追求者之一，她并没有说我是她的男朋友，何况她今天还出去与晓飞约会了。

一想到晓飞，我内心又升起无名的报复感。

我边走边想着心事，赵海萍肯定也是在想着心事。

到了女生宿舍楼下，赵海萍主动放开了手，对我说："那我进去了。"

"明天什么时候走？我送你。"我说。

"不用啦。我与几个同学一起走，就带一个行李箱，很方便的。"赵海萍说。

"这样吧，我明天就在宿舍里写写文章，需要我送时，你给我宿舍打电话。"我说。

"好吧，明天再看看。"赵海萍看着我，一副不舍得走的样子。

"进去吧，外面挺冷的。"我说。

"嗯。"赵海萍点了点头，很乖巧听话的样子。

看着她走进了宿舍楼，身影被门口那厚厚的遮风布帘挡住了，我才转身回宿舍。

# 第三十二章　方君在外面租了房子

刚回到宿舍，将代常就告诉我，他看到方君和晓飞在一起，听他们谈话是在讨论租房的事情。

"租房？"我吃了一惊。

"是的。好像是晓飞在帮她找。"将代常说完之后，我脑袋又开始嗡嗡地响，跟晴天霹雳差不多，难道他俩要在校外同居？

"你在哪里见到他们？"我问。

"就是校外东边那个村子。我有个老乡在那里租房子住，他今年大二，准备明年考研，所以就不回家过年。他请我在一个餐馆吃饭，正好遇到方君和晓飞也在吃饭。他们就坐我旁边，中间隔着一条过道。"将代常边说边用手比画。

将代常认识方君，而方君并不认识将代常。虽然方君在樟树林被流浪狗吓着的那次，将代常也在附近，但因为当时两人相隔比较远，所以方君对他没有印象。

"他们说什么？"我焦急地问。

"就是讨论哪间房更合适。说什么，朝南的那个是一百五十块钱，朝东的那个是一百二十块钱。还讨论说朝东的那个房东是个老太太，看样子人很好。朝南的那个房东是个老头儿，看样子脾气不是很好。"将代常说。

"你帮我打个电话。"我听到这里有些按捺不住了。

"打给方君？"将代常问。

"是的。你拨通要她接电话，如果她接了，就挂掉，表示她回到宿舍了。"我说。

"我才不帮你打呢，你自己打。"将代常说。

"今晚我与赵海萍在一起吃饭。"我向他坦白。

"哦。原来如此，你自己也在外面约旧情人吃饭啊。"将代常一副发现新大陆的样子。

"你就别管了，帮我打一个。"我说。

"你说这叫什么事啊？方君与晓飞是男女朋友，你与方君到底是什么关系？同学？普通朋友？你管得了人家吗？"将代常故意取笑我。

我尴尬而又故意装作恼火地说："你打不打吧？"

"好好好，让你死了这条心。我马上给你打，你说号码。"将代常边说边走到电话机旁边。

我报出了号码，他拨了过去，电话响了几声，有人接了。

"喂，请帮我找方君接电话。"将代常拿着话筒说。

"方君不在。"我把耳朵也贴着话筒，听得很清楚，是赵海萍的声音。

"她去哪里了？"将代常问。

"不知道。你是谁？她回来了，我让她给你打过去。"赵海萍在那边说。我们宿舍的电话机都没有显示对方电话号码的功能。

"哦，不用了。我等会儿再打过来。"将代常挂断电话，双手一摊，摇了摇头。

我在猜想方君不回宿舍会去哪里，难道真的与晓飞在一起？我瞬间感觉到自己都快要死去了。到现在我再一次明白，我看不懂方君，太看不懂了，她的行为方式每次都出乎了我的意料。

"其实我觉得赵海萍挺好的。"将代常靠在床上念叨着。

"你不懂爱情。"我也靠在床上，回了一句。此刻的我全身无力。

"你这哪是爱情，是瞎折腾，爱你的人你不去爱，一个不爱你的人，你却天天惦记着。"将代常说。

"方君如果不爱我，她不会到保卫处替我求情的，她是太爱我了。"我说完这句话，却觉得又不对。方君当时为了我不被学校处分而答应与晓飞处朋友，但是正如她那天所说的，当她真正了解晓飞之后，却变得欣赏晓飞了。

"自作多情。"将代常说，"你是小说看多了，都已经是二十一世纪了，你还以为像古代那样，为了心上人而牺牲自己。你跟她相处多久？到生死相依的地步了吗？"

将代常的话深深刺痛了我。这个问题，我其实也想过，但是不敢去相信。

"我相信曾皮说的。"我说道。

将代常听到这里，他端坐起来，看着我，把我吓了一跳，也赶紧端正地坐着，看着他。

将代常说："曾皮可能隐瞒了一些事情，包括他与方君的关系。"

"他与方君……能有什么关系？"我其实也是觉得曾皮与方君的关系不简单，但是总是说不出来，何况曾皮是我的好兄弟，他也没有必要对我有什么隐瞒。但是今天这话从将代常口里说出来，我一时有点儿结巴，不知道说什么好。

"我只是猜，时间会告诉你答案的。"将代常说完就起身端着脸盆、毛巾和牙具去水房洗漱了。

我看着空荡荡的宿舍，脑海一片空白。爱情，原来是一个这么折腾人的事情。

我已经钻进被窝睡着了，电话响了，将代常不愿意去接，我也不想去接，大冬天的，起床接电话，太冷了。

谁知道，电话响了好几遍，将代常说："肯定是找你的，快去接吧，不然一晚上都睡不着。"

我披着衣服走过去接起电话，刚说了一个"喂"字，那边传来方君的声音。

"我以为你不在宿舍呢。"方君开口第一句话就这么说。

"睡着了，没听见。"我瞬间来了精神，立即问她，"你现在哪里？"

"我在宿舍啊，刚从外面回来。"方君说，"你明天有事吗？"

"哦。"我听到她回到宿舍，悬着的一颗心落了下来，这表示她没有与晓飞在外面过夜，就说，"我明天没事。"

　　"我在东村租了个房间，明天要把一些东西搬过去，你帮我搬家吧。"方君说。

　　"你不回家过年？"我好奇地问。学校里有规定，寒假期间学生不能留在宿舍，如果要留校的话，只能在外面租房子住。

　　"不回了，我在这里要做点儿事。回家过年也没什么意思。"方君说。

　　"哦，好的。那我明天什么时候过去？"我本来想问她是不是在帮晓飞做什么事情，但是又觉得这样问，会很傻。

　　"明天上午我要去拿钥匙，顺道把房间打扫一下。下午我给你宿舍打电话，你再过来我宿舍这边，主要是把画板、棉被、衣服和一些书搬过去。"方君说。

　　"好的。"我想，她为什么不叫晓飞帮她搬呢？不是晓飞在帮她找房子吗？

　　我挂了电话，躺在床上，辗转反侧，想了很久，没有想到一个自己认为满意的答案。

## 第三十三章 难忘的一晚

赵海萍回家时，没有让我去送她，我也暗自庆幸这样不会耽搁给方君搬家。

上午，我躺在被窝里看书，校园里都是拖着行李匆匆回家的学生。到了吃饭的时间还没有等到方君的电话。我看了看同样躺在被窝里看书的将代常，想让他给我带饭。

"饿了吗？什么时候去吃饭？"我问。

"不饿。等会儿，我把这本小说看完。"将代常头也不抬地回答。

"早餐都没吃，不饿吗？"我问。我们两个都睡懒觉，没有去买早餐。

"要不你去买吧。给我带一份回来。"将代常说。

"我在等方君电话。"我说。

"我在宿舍啊，她来电话我接。"将代常说。

"我怕错过她叫我去搬家的时间。"我说。

"你怎么这么磨叽啊？搬个家早点儿晚点儿，又能怎么样？"将代常放下书看着我，接着说道，"我发现你与方君相处，你总是处于被动地位，患得患失。"

"没有啊。"我说。其实我自己也觉得有那么一点点。

"反正我不去买，你爱吃不吃。"将代常明显是故意激我去买饭。

"那我再等会儿吧。"我内心是期待方君能现在来电话，这样我可以约她一起去吃饭。

"那就等等吧。"将代常继续看书。

我起床穿衣准备去洗漱。

刚走到门口，电话响了。

我顺手接起电话："喂。"

"张得强，老子已经到家了。"电话那边传出来曾皮得意的笑声。

"这么快啊。"我说道。

"那当然，一晚上火车就到了我们这边市里，然后坐中巴车到我们这边县里。"曾皮说，"宿舍里还有谁？"

"就我和将代常。"我说。

"哦。好的。我挂了，有事打我家里电话。"曾皮说。

"好的。拜拜。"我说。

"拜拜。"曾皮说完就把电话挂了。

唉，我当时还以为是方君的电话，白高兴了三秒钟。

没想到电话刚挂上，又响了。

估计是曾皮这家伙还有什么话想说，我接起电话就说："还想说啥啊？"

"张得强，是我。"没想到电话那边传来方君的声音。

"哦。曾皮刚刚来电话，我还以为他还有什么话没说完呢。"我说道。

"哦，他应该到家了吧？"方君问。

"是的，刚到家。"我说。

"哦，我们那边回去很方便的。"方君说。

"你什么时候搬家？"我问。

"我刚收拾完这边房间，等会儿出去有点儿事，可能要比较晚才能回学校。到了宿舍，我给你打电话，你再过来。"方君说。

"好的。那我在宿舍等你电话。"我说。

"嗯。那我挂了。你等我电话。"方君说。

"好的。拜拜。"我说。

"拜拜。"方君说完就在那边挂断了电话。

我的心也一下子踏实下来，她是很懂我的，这个时候给我打电话，肯定是担心我饿着肚子等她。


方君租住的是一个两层楼下面一个带套间的里间，外间住了一个老太太。我们进去的时候没看到老太太，里面的房子不太大，只有一个窗户，窗户前面是另一家人的后墙。

我帮她把东西都搬进了房间。方君把画板放在窗户前，这时我才留意到，画板上画着一个还没画完的抱着一只小白兔的小女孩。

方君的东西其实并不多，一箱子书、一箱子衣服、一袋子生活用品，再就是整套被子和这个画板。

"你整理一下，看看还缺什么，我等会儿陪你去超市买。"我看着不大的房间里面塞满了东西。

"那你坐会儿，我给你去打杯水。"方君说完，拿起一个水杯准备出去倒水。

我在画板前的一个凳子上坐下，这房间也就这一个凳子，说道："算了，别出去麻烦老太太了，我不渴。等会儿我陪你去买个开水壶和插电的热得快。到时你自己烧水也方便。"

她笑笑说："本来宿舍有个开水壶的，我刚才收拾床铺时，不小心一脚踢坏了。"

"买一个才十块钱。等会儿我送一个给你。"我想这送礼方式很不错的，只要她看到开水壶，就会想到是我送的。喝着开水，不正是我给她的温暖吗？

"好啊，我先整理一下。"方君边说，就边开始忙活着。

我在旁边也不知道帮什么，就看着她忙来忙去，恍惚中感觉就像一对情侣在自己的家里收拾家务。

过了好一会儿，她终于把床单被子、书籍、衣服都整理好了。

她看着自己的成果，满意地说："走吧，我请你吃饭。"

"走吧，我请你，你这是乔迁之喜。"我说着。


天早已黑了，楼下不远处就是一排排小饭店，我们找了一家饭店吃完之后，又去了一家超市买了开水壶、烧水的热得快、洗脸盆等生活用品。

两个人坐在房间里面，气氛瞬间安静下来。

我不知道应该说什么，害怕说错话会打破这美好的宁静。但是，我又想说些什么，想表达我对她的爱。

我坐在凳子上，方君坐在床边。

在经过激烈的思想斗争之后，我走过去，坐在她身边，她没有移开。我看着她，把手伸过去，拉着她的手。

"方君。"我说。

"嗯。"方君低着头，灯光下，她的脸显得有些绯红。

她站了起来，我也站了起来。我依旧拉着她的手，她的身体自然地就贴到了我的身上。我环抱着她，两只手抚摸着她的背，她偏着头紧紧地贴着我，我低下头亲她的额头，亲她的脸颊，亲她的鼻子。她闭着眼睛仰着头，一动不动地让我亲着。

在三分钟之前，我都没有想到事情会发展得这么快。一切发展得是那么顺其自然。我不由得感到紧张，心在狂跳。我渴望已久的爱人在我怀里，散发着淡淡的女人清香，这种清香不是用脂粉装饰出来的，而是一种自然的女人特有的芳香。我把鼻子埋进她的头发里，那股清香的让我全身酥痒的气息传遍了我的全身。

虽然这个晚上，我是留在方君房间里面过夜的，但是我们彼此都守住了最后的底线，没有越雷池半步。

第二天早上，方君说她要出去工作了。我问是哪里的工作。她说是晓飞介绍的。

"我不愿意看到你与晓飞在一起。"我说。

"傻瓜，我跟他只是普通朋友。他在帮别人做事，需要人手。而我正需要找份工作，我不想再让家里给我生活费。姨姥姥现在住在养老院，也需要钱，我也不好意思问她要。"方君说。

看到方君懂事的样子，我只好点了点头。我俩的感情已经不再是普通的男女朋友了，我应该相信她，我应该对自己有信心。

当天下午，方君下班回来，我陪着她在街上买了一把锁，想回来换掉外面的门上的锁，这样老太太和方君都有一把钥匙。回到家，老太太给了我们一把螺丝刀，我把原来的锁拆下来换上新的。方君在边上看着，装锁时老太太也过来看。

我对老太太说方君住在这里让您费心了。老太太笑笑说"没有没有"。

方君扶着门，望着我，她的眼睛里渐渐地浮起了一层水雾。

就这样，方君白天出去打工，我回到宿舍里写文章，晚上她回来就给我宿舍打电话，我就过去陪她一起吃饭，然后我再独自回宿舍。

其实，我内心渴望陪她在那里，她也看出了我的小心思。每天晚上送她到门口时，她就说我到了，你回去吧。然后我就抱着她，亲她一口，幸福地返回宿舍。

# 第三十四章　回家途中的小插曲

到了乘车回家这天，我从宿舍直接去了火车站。当初考完试时归心似箭，此刻却又舍不得离开。

方君要去打工，我和将代常早早地收拾行李，在学校门口坐上公交车晃晃悠悠地到了车站，然后各自去了自己车次的候车室。

火车站有学生候车室，学生提前十几分钟上车，到火车上我把东西放在行李架上先在边上站着，火车快开的时候，再回到自己座位上。现在是春运，回家过年的人很多，火车上人挤人，但是我有时见一些年纪大的务工人员没有座位，也会让他们过来坐一会儿。

那个时候的火车票没有实名制，买票只能到火车站或者火车票代售点买，有些人买途中的票可能没有座位，就会多买几站票，往前几站买，这样多花几十块钱，但是有个座位坐，比一路站着要舒服很多。有时候，过道上都站满了人，站累了就坐到地上。

我在车厢里遇到一个要小聪明的中年男人，他就坐在我旁边。车开动了，他对旁边一个没座位的穿着还可以的年轻男子说他要去换卧铺，这个座位卖给他要不要。年轻男子一听有座位给他，立即答应，给了中年男人五十元钱，就舒舒服服地坐在我旁边。谁知，火车才开了一个小时，刚到一个站，就上来了一个中年妇女，她拿出票直接让那个年轻男子走开。年轻男子一拍脑袋，发现自己被骗了，但也没办法，火车上这么多人，他到哪里去找那个中年男人呢。

那个中年男人的偷奸耍滑让我记忆犹新，也怪那个年轻男子太大意，他只要提出让中年男人把票给他看一眼，就不会上当了。估计是幸福感来得太快，一时晕了头，说到底还是太年轻了。

从学校回家时要在成都转一次车。换乘车时，我找到我的座位，座位上有两个人，本来是三个人的座位，我让边上那个男人让一下，他头也不抬地说这儿有人，我拿出车票让他看了一下，说我就坐在这儿的，那人很不情愿地往里挤了一下。

我的对面坐了两个年轻女子，长得都不错，看穿着打扮应该是从外地打工，回老家过年的。我刚过来时，他们四个人正在吹牛，也可能是我的到来打扰了他们，当然三个人的座位两个人坐着宽松舒服，为了不打扰他们，我一坐下就闭上眼睛打起了瞌睡。

我刚闭上眼睛，就听到我边上的那个说这人怎么一上车就睡觉，里边坐的那个男人接着这个人的话说，一上车就睡觉还坐在靠过道的位置干什么。

我闭着眼睛养神，我身边这个人拿起水瓶时发现水瓶里没水了。他用胳膊捅了我两下说："哎！提水去！"他的语气冷淡而又轻蔑。我对他说了声"自己去"后又闭上了眼睛。

不去提水就别在这儿坐。我边上这位说话的同时，又把身子往我这边挤了一下。

我一下就发火了。我对他说："你凭什么不让我坐？"

"这儿原来就没人。"他说。

"现在我坐了。"我对他说，"你可以到别的地方去坐。"

"我哪儿也不去，我就在这儿坐。"我又说。

"你走不走？"他又把我往外挤了下说。

我一下子站起来用手指着他的鼻子说："你再往这边挤一下看看！"我那时想，如果他再往我这边挪一下，我一拳就让他的鼻子开花。

这时我对面的两个女子说："算了，算了，你们那边来一个到我们这边坐吧。"

女人一说话，我边上的这个人就不说话了。我把他往里边一挤坐下来闭上了眼睛。

广播里播音员说餐车供应最后一餐晚饭，我从学校出来到现在还没吃东西，我睁开眼睛一看，餐车就在我前面的车厢，我就起身到餐车里去吃饭。

我吃完饭回来刚坐下，对面的一个姑娘拿起一袋话梅让我吃。我说了声"谢谢"，然后从我的包里拿出了牛肉干、驴肉干、沙枣，让两个女人吃。

两个女人拿起我的东西看，她们没吃过驴肉，我说："天上的龙肉，地上的驴肉，这龙肉我们是没法吃到，但是没吃过驴肉就太遗憾了。"

那两个女人在我的鼓动下打开了我的驴肉袋，她们刚一送到嘴里就赞不绝口，在她们津津有味的吃嚼中，我听到我身边这个人喉咙里咕咕地响了几声。我对面一个女人拿起一袋驴肉让他吃，但作为一个男人他吃得下去吗。他摇了摇头，把身体往后一靠，闭上了眼睛。

那两个女人快下车时，其中一个问我QQ号是多少，说以后可以通过QQ联系。我能明显感觉到她对我有好感，我张得强的长相还是可以的。若是以前，我肯定会很欣然地把号码告诉她，或者让她把号码告诉我。当时，那刻的我，心里已经住下了方君，容不得任何人进来了。我就笑着说："实在不好意思，我还没注册QQ号，平时学习比较忙，很少去网吧。"没想到那个女人一话不说，从包里掏出一个电话本，用笔在一个空白页上写上了她的名字和QQ号，然后撕下来，递给我。她说你注册QQ号之后就加我，我记住你名字了，张得强。

旁边的那个男人见我这么受女人欢迎，那满脸的嫉妒，一眼就能看出来。

本来无聊的路途，我倒觉得有点儿意思。虽然，我收下了那个女人的纸条，但是出站时，我随时丢进了垃圾桶。我心里，只有方君。

## 第三十五章　寒假的短暂离别

整个寒假，我过得闷闷不乐，即使和很多亲戚在一起吃饭喝酒，我也总是觉得心里空荡荡的，恨不得早点儿返校见到方君。

方君的房间没有电话，而我又不方便在家里接她的电话，唯一联系她的方式就是我在公用电话亭把电话打到她的房东老太太家里，与她简单说两句，但无法表达自己的相思之苦。

我到了家里，没有给赵海萍家里去电话，她也没有给我来电话。我们俩只是 QQ 上简单聊了几句。虽然我感受到她每次都想说些情意绵绵的话，但是都被我找借口避开了。

过了年，还没到元宵节，我就迫不及待地买了火车票回学校。父母问我怎么今年回去得这么早，我扯了个谎说学校那边有事，老师让我提前过去帮忙干些活儿。父母一听，也就没有多想。

提前一个礼拜回到学校，宿舍楼已经开了，我把行李往宿舍一放，就兴冲冲地去找方君。

在家时我给她打过电话，约好了她下班回来在学校不远处的新湾大桥边见面。因为她下班坐的那趟公交车只能到桥边，然后拐弯开往别的地方，并不从我们学校门口经过。我到桥边站了一会儿，听到有一个声音在叫我，转身一看是小卖铺里的老板娘。我们经常在老板娘那里买东西，和她很熟悉了。

她问我等哪个同学，我说等方君。她说方君早就来了。我说她来了，她来了现在去哪里了？我们说好的，她回来时我在这里接她的。

我又问她方君来了有多久了，她说来了怕有半个多小时了。方君一来就会去找我的，我在这儿站了也有半个多小时了。我想去她租住的房间找她，但又怕两人在半路上错过。我正想着，就见方君从人群里向我走了过来。

我迎了上去，方君见到我有点怕羞，我上前一把将她揽在怀里，她顺势钻进了我的怀里。

我们有一个月没有在一起了，我的手一碰到她，身上的血管就膨胀起来，血液加快了流速。她的一只手挽着我的手臂，我带着她进入校园，经过网球场到达学校的文化传播中心。还没开学，这座楼周围没有一个人，我们转到楼的后面，我看了看四下里还是没有一个人影，就把方君搂进怀里，轻轻地吻了她一下。方君早就知道我的意图了，当我把她搂进怀里的时候，她很自觉地抬起头，闭上眼睛，用她潮湿的嘴唇迎着我。

我全身的热血澎湃起来，沸腾起来，我吸吮着方君的嘴巴，两只手臂紧紧把她抱在怀里，方君在我的抚摸中紧紧地抱着我的身子。我吻着她的嘴，感到嘴巴里咸咸的，我睁开眼睛，看到她的眼里流出了泪水。我松开她问她怎么了，她叹了口气说没什么，只是感觉到很幸福！

我怔怔地看着她，一个月没见了，这个小姑娘怎么变得这么多愁善感起来了？我又把她搂在怀里，她说，得强，被你抱着，身体好像旋转着在天空中飞着一样，真是一种没有忧虑，没有一丝牵挂的幸福，你以后别离开我好吗？我感觉这一个月的时间太长了，我每天都想着你，干什么事都想着你，我的脑子里，我的眼睛里全部都是你，你打来一个电话我要高兴好几天。现在好了，我们又可以在一起了。

我把她揽在怀里说，我也很想你，我不是给你打过两次电话吗，我也想你想得睡不着觉。

……

这是山城冬天最后的景致，灰白的天空，去年没落下的叶子还在树上没有一点生气地挂着。校园的傍晚，静得没有一点声音。

## 第三十六章　晓飞失去了靠山

晚上，我和方君一起去吃饭。走在路上，方君突然跟我说："叫上晓飞吧。"

"为什么要叫他啊？"我疑惑地问道。

"他这几天心情不好，你陪他喝喝酒。"方君说。

"他怎么啦？"我问。

"张处长死了。在朋友家拜年喝酒太多，脑梗死的。"方君说。

"哪个张处长？"我刚问完这句话，马上想到了是晓飞的舅舅，学校保卫处张处长。

"他舅舅。"方君说。

按道理来说，听到这个消息，我应该高兴的，晓飞想对付我，不就是仗着有他这个张处长舅舅吗？现在他死了，晓飞还能奈我何？但是，我的内心却是有一股悲伤，张处长正值中年，就这样走了，真是可惜。

"人生无常啊，张处长还很年轻。"我惋惜地说。

"晓飞就住在那栋房子里面，我们去喊他出来。"方君说。

本来我是应该反对的，我们三个人在一起吃饭会不会很尴尬？他在追方君，我也在追方君，虽然我和方君两人之间明确了情侣关系，但是我和晓飞仍然属于情敌。

"好的。"我还是答应了，我不想在方君面前显得这么不大气，男子汉就应该大度。我现在是以胜利者的姿态站在晓飞面前的，尴尬的是他，不是我。同时，我也得感谢他，他帮方君在寒假找到了一份工作。虽然是那种在商超里面推销烟酒的工作，但因正逢春节，拜年送礼买烟酒的人很多，方君的提成也拿了不少。用方君自己的话说，她这一个月挣到了一学期的生活费。

当我们正准备上楼去找晓飞时，正巧晓飞下楼。晓飞见到我，眼神闪现出惊愕，但是瞬间又恢复了正常，仍然一副很嚣张的样子。

我们三个人找了一家饭店，我和方君并排，晓飞坐在我们对面。他用目光扫了周围几圈，见靠墙的配料区摆着生姜、大蒜、辣椒等食材，就走过去抓起一块生姜，拿起旁边的一把菜刀削了皮，用刀尖挑着在盐袋里蘸了盐后，一口吞进了嘴里，大嚼了一会儿咽进肚子里去了。我第一次发现这个人还有这种爱好，吃饭就好好吃饭，这难道也是一种要酷行为？

晓飞吃完生姜后，又回到桌上，自己点了一支烟，那样子就像在他自己家里一样，根本就没有用正眼看我一下。而我发现方君看着晓飞的眼神，充满热情。我不由得感受到一种无形的压力，如果换了别人早就一脚把他蹬出门去了，但是，我没有。我不是没有那个胆量，但我想，毕竟他帮过方君，毕竟他和方君还算是朋友。

饭菜摆了上来，我们要了一瓶江津老白干。方君主动给晓飞的杯子倒满了酒，又给我的杯子倒满酒，最后给自己杯子也倒了一小杯，说道："我们随意喝点儿，尽兴就行，别喝多了。"

我端起酒杯，对晓飞说："晓飞，感谢你照顾方君，我敬你一杯！"

晓飞看了一眼方君，又看了一眼自己杯子里的酒，没有说话，而是端起来，象征性地往我这个方向伸了一下，没有与我碰杯，然后端到嘴边，慢慢抿了一口。

没想到他居然只喝一小口，我本来是想与他干杯的，想在喝酒的气势上压倒他。但是见他这般行径，我突然想起来张处长就是喝酒脑梗死了的，就放弃了拼酒的念头。

"晓飞，张处长的事情我已经知道了，请节哀顺变。"我认为晓飞心情不好肯定是见我与方君在一起，而他又失去了靠山，拿我没办法。

"张得强。"晓飞听到这里，他端着酒杯盯着我说，"你不要以为我舅舅去世了，你就比我优越。你想错了，即使以我现在的处境，我依然不会放弃对方君好，因为我喜欢她，想保护她，想让她过上好一些的生活。我不像你，你除了谈感情之外，写几句破诗，还能干什么？能当饭吃吗？你知道方君上学期没有生活费的时候是怎么过的吗？"

"晓飞！"方君想打断晓飞的话。

"方君，你让我说完。"晓飞伸手让方君别打断他，他接着说，"张得强，我们都已经过了十八岁，都是成年人了，你在学校里那些破事，我知道得清清楚楚，你每月还要向家里穷困的父母要生活费，还要装大爷似的拿着父母舍不得吃喝的钱来请女同学吃饭，你不觉得可耻吗？你良心能安吗？"

晓飞的话像一个响雷，这是我没有去想的问题，没想到他居然当着方君的面这样说我。

"有很多人以为我之前是仗着有个处长舅舅，包括周老板也这样认为，其实你们都错了，我晓飞只奉行一条，靠自己！我喜欢方君，但是我会尊重方君，我会想办法尽自己的努力去帮助方君，而不是想着今天去哪里约会，明天去哪里约会。没有钱，你约什么会？吃什么？喝什么？"晓飞说着说着就激动起来。

"晓飞，张得强不是那样的人。"方君说。

"好啦。不说了。"晓飞举着酒杯，"方君，我为什么刚才要说这么多，你知道吗？"

晓飞看着我，又问了一句："你知道吗？"

我和方君已经被他刚才的一席话炸晕了，他说得对，我是一个伸手向穷困父母要生活费的穷大学生，我是没有资格在大学校园里挥霍年华和金钱的。

我和方君都摇了摇头。

晓飞见我们都回答不了，就笑着对方君说："因为我看他刚才那副表情，一副高高在上的样子。我知道，他肯定是认为我没有靠山了，失去了优势。"

我忙说："晓飞，你误会了。"

"张得强，我们最好的靠山是自己！"晓飞说，"我喜欢方君，我不会放弃！"

他说完就端着杯子一口把酒喝完！

"好！晓飞，现在我们站在同一条起跑线上。"我说完也端起杯子，一口把里面的酒喝光。

"你们两个喝酒不要扯上我。"方君说。

"所有的感情其实最终是要建立在事业的基础上。我高中时就有关系非常好的女同学，她知道。"晓飞说完，看着我，指了指方君。其实，我也知道，只是他不知道而已。

"我与她相处，从她的父母那里，就明白了一个道理，谁都希望自己的女儿将来嫁给一个优秀的男生，不仅是爱，而且还要有好的生活条件，有好的事业。"晓飞说。

我看着他，认真听着，他说得没错，我总是生活在幻想中，而他生活在现实中。

晓飞说完，拿起酒瓶，把我酒杯里面斟满酒，接着又把自己酒杯倒满。

他端起酒杯，与我的酒杯碰了一下，然后又是一饮而尽。我内心已经受到了深深的冲击，我对他真的是需要重新认识了，我也跟着端起酒杯一饮而尽。


那天晚上我们一直喝到十点多钟，我和晓飞之间的隔阂已经完全消除，变成了无话不谈的朋友。张处长喝酒得脑梗的事情，已经被我们抛在九霄云外了。我们两个就这样你一杯，我一杯，不醉不休。

晓飞一直想赢我，灌醉我，但是他的酒量不如我，我们俩喝到一瓶半时他想吓住我，把瓶中的酒倒进两只杯里要我和他一同干了。他一说完我就端起了杯子。方君拉住我的胳膊不让我喝，她怕我喝醉，她已经看出了我和晓飞一开始就在拼酒，我一想她拉住我不让我喝，我不喝晓飞也就不喝，晓飞是和我比着的，我不喝他就有借口不喝而且说我不如他。

我推开方君，把差不多一茶杯酒一口喝下去，把杯子放在了晓飞的面前。这下轮到他了，他看了看我，低头又看了看酒杯，然后再看看方君，最后端起了酒杯。方君见他端起了酒杯，叫他不要再喝了，但是晓飞还是喝了下去，然后用手抹了一下嘴，身体往后一仰，坐了几秒钟就跑到外面大吐不止。

他输了，谁先醉谁输，谁先吐了谁输。这时已是晚上十一点多了，学校宿舍十点半就关门。晓飞说没关系，可以住他那边。

于是，我和晓飞相互搭着胳膊，跟跟跄跄地回到了他的房间。方君在我醉眼蒙眬中进来出去地端水、换水帮晓飞醒酒，她对倒在椅子上的我视而不见。

晓飞在外面待了很久才进来，估计把晚上吃的都吐完了。我在椅子里迷迷糊糊地睡了一会儿，睁开眼睛看到房间里还是我一个人，我出门到外面找方君。还没立春，山城的夜风冷得刺骨，我穿了一件毛衣刚走上街就冷得打哆嗦。我看到昏暗的街上没有一个人影，她可能回自己房间去了。我站了一会儿马上又回到屋子钻进了被子里，在被子里抖动了好一会儿才缓过气，然后就睡了过去。

我再次睁开眼时屋子里的灯亮着。我感到我身边睡了一个人，我扭头一看，是晓飞，他脸朝上，直直地睡着。我的另一边睡着方君，她穿着衣服趴在凳子上睡着了。我抬起手看了一下表，已经六点过几分了，窗外马路上摩托车的声音一阵阵地轰响着。我不知道方君昨天晚上是什么时候回来的，我在想我该不该起来，还是闭上眼睛再睡一会儿。

我刚闭上眼睛就感觉到晓飞醒了，他一醒来就下了床，穿上鞋对着床说："方君，你怎么在这里？昨晚没有回去吗？"

方君睁开眼，看了我们俩，说道："昨晚见你们两个都醉得厉害，我就到前面超市买了瓶蜂蜜回来，准备给你们冲蜂蜜水喝，但是你们都睡着了，又怕你们有什么事，我就在这里守着。"

我看到桌子上放着一瓶还没开封的蜂蜜，心里像已经喝了蜜一样甜，难得方君这么细心。

从昨天喝酒开始，我已经对晓飞和方君进行了重新认识，也明白方君对我时热时冷的原因。她是爱我的，她想与我无忧无虑地谈恋爱，但是她又要面对现实，她要为自己的生活费担心，她还要为购买各种美术绘画材料的费用去考虑。而我，太不了解她了。

## 第三十七章　方君带我走进她的朋友圈

我和晓飞成为朋友，是觉得他是一个有骨气的男人，但是我也处处防着他，防着他与方君走得太近。终究他是当着我的面说过，他要追方君，而方君却总是说晓飞是个好人，还要我向他学习。我真的担心哪天她被晓飞给打动了。后来，只要方君告诉我有事要去找晓飞，我就会跟着她去，只要晓飞来找她，方君也会告诉我，我也会去。而我与方君约会，肯定没有必要告诉晓飞。同时，我也走进了方君的生活圈，她让身边更多的人认识我。可以说，我们已经正式向身边的老师和同学们公开情侣关系了。

开学刚一个礼拜，方君说星期六下午她们系的一位姓唐的老师邀请我们到他家去吃饭。方君以前也说起过这位唐老师。

唐老师的家住在小校门附近，本来是一幢平房，后来他把房子的顶部装修了一下，变成了一间很宽敞的画室。我们一到他家，方君叫了一声唐老师，就见一位戴着眼镜、头发长长的老师走了出来，过来和我握手。

方君说这就是唐老师。我叫了一声唐老师。

方君脸红红地又说："唐老师，这是张得强。"

唐老师拉着我的手到了里面，他指着沙发说："来！来！随便坐。"

唐老师的屋里摆了很多塑像，他的身后，我们对面的桌子上，摆了几尊佛像。他指着房间里的塑像说："你们随便看看，看完了给我提点儿建议。你们看完后，我再带你们到上面去看看。"

方君在唐老师家里显得很随意，就像在自己家里一样。她自己打开电视柜找唐老师新买的录像带，然后还从厨房端出水果让我吃。坐了一会儿，方君又拿起唐老师家门后面的座机电话给她家里打电话。

通过一条只有两块砖宽的楼梯，我们上到唐老师屋顶上的画室。这个画室里到处摆放着做好的和没有做好的一尊尊人和动物的塑像。画室的下面是一幅很大的刻板画，上面绘画着祖国的山水，刻板下面放着一张只有五寸大小的照片，照片上也是祖国江山，刻板是把照片放大了几百倍。唐老师见我对他的这幅画感兴趣，便走过来打开了画上面的灯。灯一开，整个画面很立体地展现在我们面前。

唐老师的专业是人体绘画，他给方君班带素描课，他说素描是一切绘画的基础，只有画好了素描，才算进入了美术的大门。唐老师先塑好一尊像，然后在上面倒一层玻璃钢泥，制成模具，再把塑像弄成泥土，他保存的是一幅幅泥像的模具。唐老师参加过重庆长江大桥、陈家湾大桥、嘉陵江大桥、观音桥广场等很多市政工程建设，在山城的雕塑界很有名气。

唐老师不抽烟，饭桌上我见他拿出一瓶里面泡着人参的药酒，他给我倒了一杯说："这种酒度数低，我上午专门买的，你可能喝不习惯。"

我端起酒杯敬他，他和我碰了一下，只喝了一点点后说："你多喝点儿，你年轻，放开喝。"

我一口喝完了一杯。我感到酒里面人参的味道比酒的味道重，看了一下瓶子，酒精度数只有 25 度，喝在嘴里就像喝水一样。

饭桌上还有方君的两位同学，一男一女。看得出来，两人也是一对情侣。方君在边上说："唐老师，您要多喝一点儿，别人都喝一杯，您只喝那么一点儿，看不起人还是怎么样嘛。"

唐老师又端起酒杯说道："既然你这样讲，那我们就一起来。来，我们都把杯中的酒干了。"说完他一仰头喝光了杯中的酒。

那两位同学说："这就对了，您请客，要带头喝。"

接着那位男生敬唐老师，方君和那位女同学也敬唐老师，唐老师四杯酒下肚，面色潮红。

饭桌上端上来一碗梅菜扣肉，唐老师先用筷子尝了一口说："梅菜放迟了，菜的味道还没炖进肉里面去。"

做菜的是一位二十岁左右的女子，她脸红红地没说什么就进屋去了。

唐老师对着门说："做完了没有，做完了出来和大家一起喝杯酒。"

"你们吃吧，我不会喝酒。"里面的女子说。

一会儿门外面有人说话，唐老师穿了鞋出去了。

方君和她的同学说是唐老师的女儿回来了。刚说完就见一个三岁多的小女孩进来了。这个小女孩大大的眼睛，她一到屋里就说："大哥哥大姐姐们好"，然后马上拿起手里的一只玩具狗说是她妈妈给她买的。

我看看小女孩，又看看唐老师桌上的一尊头像，这个小孩子就是那尊头像的原版。

唐老师前几年和学校旱冰场前面一个开理发店的女子好上了，不久女人怀孕了，于是两人就结婚了。小孩两岁多的时候两人离婚了。由于两人之间知识层次不同，观念不一致，在生活上总是产生矛盾，常常吵架。而唐老师为人很好，常有一些女学生来家里玩。小孩的母亲也闹，说唐老师乱搞，实际上就是她自己无理取闹。最后，闹到离婚前的两个月不闹了，唐老师跟她摊牌了，唐老师说："我就是这样的人，就是这个生活方式。你愿意在我家里待你就待着，你不愿意待，孩子留下，你走。"小孩的母亲提出离婚，唐老师马上答应了，小孩的母亲有个条件，她可以随时来看孩子。

据方君讲，小孩的母亲走时唐老师给了她四万块钱，那四万块钱也就是唐老师的全部。当然，唐老师的钱在他们结婚前就不是唐老师一个人在花。一离婚两人都恢复了自由，小孩的母亲经常来看小孩，在唐老师家吃吃喝喝。

　　刚才那个二十岁左右的女人是唐老师请的保姆，这个女人是从山城一个小山村里来的，来的时候只有十七岁，现在唐老师已把家里所有的事都交给她管。小保姆家里也认同了她和唐老师的关系，只等着她达到法定结婚年龄，就和唐老师去领结婚证，然后合法地住在一起。

　　唐老师的酒量也就是二三两的样子，药酒快喝完时，他又从里面拿出来一瓶尖庄。

　　他说："来，喝这个，这个酒度数高一点，你们年轻人身体好，顶得住，剩的这些药酒全给我！"

　　我巴不得早点儿把这个药酒换掉，这种酒只喝出一种药味再没有什么感觉。唐老师进去把保姆叫了出来，他说："来，我给同学们介绍一下，这位是小丽，是我家的总管家。"

　　我们都端起酒杯敬她。唐老师又拿出一个酒杯给保姆后说："我们大家一同干一杯，你们是同龄人，好沟通。"

　　保姆脸红红地喝了酒，然后脸红红地进到里面去了。

　　"她还不习惯，来来来！我们喝，吃菜。这菜是小丽的父亲昨天从家里带来的，味道很正。"唐老师说。

　　屋子里，唐老师的女儿缠着他要这个要那个的，唐老师对着里面喊："小丽，带小孩到外面去玩一会儿，她在这里影响我们喝酒。"

　　小丽在里面答应了一声便出来了，她对我们笑笑，抱起小女孩到外面去了。小孩子和她很熟了，待在她的怀里跟我们摇手说拜拜。

"方君今天多喝点儿，今天你第一次带男朋友到我家来，应该很高兴才是。你是我的干女儿，你找了男朋友我也很高兴，你都长大了，有男朋友了，等到毕业你们就可以结婚了。"唐老师是喝高了。

　　他这一句话让我的心一下子灰暗起来。方君是他的干女儿，可她却从来没有对我讲过她和唐老师有这层关系啊。我看看方君，方君脸红红地看了我一下，又看看唐老师。唐老师端起酒杯和方君碰了一下，两人端起酒杯一同喝了。

　　方君的两个同学都望着我，女同学说："唐老师，你和你的干女儿干了一杯，也和干女儿的男朋友干一杯吧！"

　　唐老师又加满酒对我说："来，我们也喝一杯，今天我就把我的干女儿交给你了，你要好好地待她，不要让她受委屈。"

　　我感到唐老师说这句话里面有真诚的部分，他望着方君，就好像一个父亲看着女儿的样子，他的目光里有一份关爱，也有一份难舍。他对我说时，我看向方君，方君眼睛泛光地看着唐老师，她本来是和唐老师坐在一边的，这时候她的身体差不多挨到唐老师的身体了。

　　"哎呀，你们父女俩真是越来越亲热了，我都有些嫉妒你们了！是不是方君有了男朋友你们反而分不开了？"方君的同学说。

　　方君的同学和她一样是脱产班的，都是参加了工作后来学校拿文凭的，他们都有丰富的生活经历和处世能力，不像我，从六岁开始到现在一直只是学生这一个身份。

　　方君的女同学也喝高了，她也要叫唐老师干爸，唐老师高兴地答应着，他嘴里答应着："哎！哎！我又多了一个女儿。"他一仰脖子，一杯酒又喝了下去。

　　我们喝的是 56 度的尖庄，他喝的是 20 多度的药酒，他一口喝下去后连酒杯都没放在桌上，人往后一倒就在沙发上睡了过去。

　　我看着倒在沙发上的唐老师，心里不是滋味，像吃了一只苍蝇。方君居然是他干女儿？这叫什么事啊！

　　若干年之后，我才知道，原来唐老师就是一个如此洒脱之人，对男学生、女学生都很关心，用他自己的话说大家离开父母来这里读书都不容易。而我却稀里糊涂为此事耿耿于怀了好长时间，这应该是我太在乎方君的原因吧。

# 第三十八章　晓飞改变了我

我至今还在内心里面感谢晓飞，是他改变了我，是他那个夜晚端着酒杯说的一席话改变了我。我决定好好面对大学生活，学校的毕业生春季招聘会则让我的改变更加彻底。

那个周六，学校为了让即将毕业的大四学生提前找到好工作，举行了一场大型毕业生春季招聘会，招聘会上有来自全国各地的大型企业，也有山城当地的知名企业，甚至一些新成立的小微企业也在受邀之列。招聘会在学校体育馆举行，我通过体育馆门口张贴的公告栏看到，总共有二百多家单位。

我本来想约方君一起去凑热闹，看看我们学校的大学毕业生在市场上的价值，但是方君要去做兼职，没时间陪我去。宿舍里的阿东与丽丽约会去了，向得钢去山城师范大学找白果果了，将代常听说找了份兼职，也没时间。我只有与曾皮、阿武一起去看看。

我们三人抱着看热闹的心情在体育馆转了一上午，出来之后，总结出一个经验，现在工作好找，但是好工作难找。要应聘销售，一大把公司要人，什么保险公司、房产销售、会务销售，等等，都很容易，但是底薪低、工作量大。听他们负责招聘的工作人员说，培训一个月再上岗，每天工作时至少需要打两百个电话，每个月还有业绩要求。要应聘文员，也有不少公司要人，但是只限女性，并且要身材高挑，长相出众，而且还需要熟练操作办公软件。其他那些专业岗位，就要求严格，比如英语四六级、专业上获得过什么奖，更别提那些更好的岗位了。

我们三人议论，堂堂的山城大学毕业生如果只是干个销售，是不是起点太低了？

曾皮说："我刚才看到大四有个师兄，被北京一家大企业签约了。我看了一下他的简历，从大一开始，就每次考试全班第一，而且还在学术刊物上发表了论文，拿过国家奖学金。那家企业看到他简历之后，只是简单问了几句，就签约了，并且工资还很高。"

"我看到了，说是起步五千元。这可了不得啊，还不包括其他福利。"阿武羡慕地说。

"而我认识的另外几个人，平时在校园里各种活动都参加，但学习成绩一般，这次连底薪一千五的工作都没签下来，收到简历的企业只是说我们回去考虑考虑再给答复。这不明摆着就是拒绝嘛。"曾皮说。

"我们已经大二了，再不努力学习的话，到时连个像样的工作都找不到。"这次招聘会，给我的触动不小，我听了他们议论之后，说道。

"我爸妈还指望我以后能找个好工作给家里脱贫呢。"阿武说完这句话，我们三个人都沉默了。

是啊，我们的父母用自己的血汗钱来供我们上学，何尝不是希望我们通过努力读书来改变命运呢？很多人认为自己进了大学就改变了命运，其实这是错误的，在大学里若不好好学习，一则不能顺利毕业，二则即使毕业也找不到工作，谈何改变命运？

　　"好好读书吧！"曾皮像老大哥一样，语重心长地说出这句话。

　　"好好读书！"我和阿武异口同声地说道。

　　于是，我们三人当场制订了学习计划，周一到周五，除了上课时间，就到图书馆去学习，周六、周日就到周老板那边去做兼职。虽然周老板只招女同学兼职，但是有曾皮出面去谈，周老板还是会给些面子的，至于做什么工作都无所谓，只要挣钱就行。

　　"肯定要是合法的工作啊。"阿武补充道。

　　"废话！周老板也不是做非法生意的人。"曾皮说。

　　阿武看着我，刻意说了一句："如果要约会，一个礼拜约一次，或者就约在图书馆一起看书。"

　　我笑着说："放心，我懂！美好的爱情也离不开物质基础。如果将来没有好的工作，我拿什么来养方君？"

　　曾皮和阿武听了，不由得都向我竖起了大拇指。

## 第三十九章　我在改变，方君也在改变

开学时，方君没有搬回学校里住，仍然继续租住在那间房子里。由于她属于脱产班的学生，宿管老师对这方面管理相对比较松，只要写个申请报告，就可以晚上不回宿舍。

我一直都想让方君搬到学校里面去住，总感觉她一个人在外面不安全，方君却说她每天要去超市做兼职工作，下班时间太晚，回来时学校就关门了，她没法进去。我说："你不是已经挣够了这学期的生活费了吗？还有必要再去兼职吗？可以多花点时间来学习。"方君却说："难道我不需要考虑下学期的学费和生活费吗？未雨绸缪，我们脱产班的学习本来就很轻松，只要考试及格就行，我平时会抓紧时间学习的，但是兼职不能丢。"

方君的脱产班在这学期开始上午有课，下午全是自习，学生可以自由安排。如果她住在学校至少生活有规律，我可以从早到晚按时上下课，晚上有时间的话就和她见见面，一起去图书馆看书，而现在她每天下午就出去兼职了，晚上很晚回来，而且是住在校外，这样见面的时间就少了。最近几次见面，都是她打电话给我，说休息不用去商超，然后我们才约在哪里见面，或去樟树林散步，或去她老师家，或在食

堂一起吃饭。

我听了方君的话，一时难以反驳。我知道她是与晓飞一起去那边兼职，她与晓飞只是比较好的朋友而已。我自己对晓飞也比较认可，觉得他确实是一个充满正能量的人，做事光明磊落。虽然我认可了她住在校外的选择，但是内心总是觉得不安，担心有什么事情会发生。


就这样一学期很快又要过去了，在我的努力下，各科成绩都很好，在课堂上我也积极回答问题，好几位授课老师见到我都说张得强进步很快。那一学期，我还看了很多书，甚至把《西方哲学》《世界艺术史》《西方美学史》几本砖头一样的书看了两遍。那时的生活就是宿舍、饭堂、教室、图书馆几个地方。一包蜡烛十支，一支能点四个小时，我一包蜡烛十天就用完了，尤其在夜深时，我看书更入迷，一个人在蚊帐里面，在橘红色的烛光里，沉浸在书中的黄金屋里。我甚至在想，如果在高中时我有这么努力，是不是也能考上清华、北大。

这一学期，我与方君见面的时间确实少了很多，但是我反而觉得自己的生活非常充实。可是我发现方君已经变了，不再是以前的样子。她的穿着开始变得时髦，几次见她，她都涂了口红、画了眉毛。在我心目中大学生不应该是这样的，至少在我们山城大学里面，很少有女生是画眉毛、涂口红的。方君却说是工作需要。同时，我发现她在学习上不再像之前那么努力了，以前见面时，她总是与我聊聊学习上的事情，问问我看了一些什么书，她看了一些什么书。但后来跟我聊得最多的却是哪部电影好看，哪条街有好吃的，哪个服装市场的衣服在打折。

我没有去追究方君为什么变得与以前不一样了，我只是单纯地认为，这是她自己挣到的钱，爱打扮，爱购物，是女孩子的天性。

## 第四十章　去了方君的老家

快期末考试了，我约方君一起在食堂吃饭。

"马上考试了，你最好把兼职工作停下来，好好复习，要是没有及格，你拿不到文凭，又得重修。"我对方君说。

方君听了我说的话后，把筷子往桌子上一放，说道："这句话你已经说了好几遍了，我自己的事情，我自己会处理好的。"

我明显感觉到自己与方君之间又开始有了矛盾，但我是爱她的，我这么拼命地学习，就是为了将来能找个好工作，给她一个好的未来。

我赔笑着说："我只是提醒，下不为例。"

方君见我笑，她的表情也慢慢缓和，说了一句："考完我要回一趟家，你陪我回去吧。"

"啊？！"我以为自己听错了。

"寒假一直没有回家，我有点想我妈妈了。暑假想回去住几天，再来这边打暑期工。我已经跟超市的老板说好了。"方君说。

"我陪你回去？"我问道。

"嗯。"方君点了点头，说道，"我跟妈妈说了你的情况，她说想见见你。"

"好。"我毫不犹豫地答应了，内心非常激动。方君是爱我的，否则她不会把我俩的事情告诉她妈妈，更不会让我去她家。

"我来买车票，你不用管。"方君说。

"我来买吧。怎么能让你出钱呢？"我说。

"你兼职挣的那些钱够生活费吗？"方君白了我一眼。我知道她这句话不是讥讽我。

"嘿嘿嘿。"我傻笑了一下。

"暑假回来，你也可以找份工作。"方君说。

"已经找了，就在周老板那边。曾皮暑假也不回去。"我说。

"我知道。前几天，我在QQ里面问他了。"方君说。


考完试，我和方君就开始收拾行李准备出发。

临行前，我又开始犹豫，担心这样去是不是太仓促了，我还只是一个学生，前途在哪里，还不知道，她妈妈要是反对了，那我以后还怎么与方君继续交往？我现在努力的一切，都是为了将来能有很好的条件去迎娶方君。一到她家，我肯定会面临她妈妈的问讯，我还不想这么早就得到是否可以交往的结果。

我想找借口不去，结果方君再三要求。临行前的那天晚上，我还在犹豫，但是我还是没有顶住方君的死缠硬磨，第二天早上便跟随着她坐上了通往她家的长途客车，在丘陵地带经过七八个小时，在灯火阑珊的黑夜里到了方君的家里。

方君的妈妈见到我来，表情很淡定，没有那种喜悦，也没有那种失望。

吃完饭之后，我们坐在沙发上看电视。

"你们想……你们到底有多大的把握？"方君的妈妈在问我们。方君坐在沙发上不说话，她只是用眼睛望着我。

我知道方君的妈妈在等我说话。

"我毕业了可以分配到你们这里来。"我说。

我不说不行，我感到我的胸中好像有一支木棍顶着喉咙，但是我还是说了出来。

方君的妈妈听了我的话后就进到卧室里去了。

我问方君她妈妈是不是不高兴了，早知道她妈妈不高兴我就不来她家了。

方君进到她妈妈的房间里面去，我便一个人在外面坐着，后悔不该和方君一起来，来了又不受欢迎。我起身到窗前，望着窗外黑夜的深处。

夜空中稀稀疏疏地闪着几点灯光，风从遥远的黑夜深处升起，一阵阵向我扑面而来，我感觉自己就像一块漂浮在夜的海洋里的一块泡沫，夜风像海浪一样一次次扑向我，淹没我。我的双脚稳稳地踩在脚下面的土地上，在夜风的波浪一次次要把我吞没的间隙，张开嘴巴，大口大口地呼吸着潮湿的空气。

方君从她妈妈的房间出来时，怀里抱了一床被子，她看了我一眼，脚没停，进到另一间屋里去了。

她的妈妈出来也进到那个房间去了，我想她们母女两人是给我准备房间去了。过了一会儿，她的妈妈洗漱了一番，对着我和方君说了一声早点儿睡吧，就进到里面去了。

我关了电视进到了里面，方君也跟着我到了里面，她从书架上拿下来一本书看。

"怎么不高兴？"她问我。

"没什么，没有啊！睡吧，我很困了。"我说。

方君放下书看着我，说道："我妈说我们两个站在一起就像骆驼和羊。"

方君到另一间房里睡去了，她进门时把门关得很响，我想她是故意让她妈妈听见她到那间房里睡去了，她的母亲在那间房里一定竖着耳朵听我们的声音。

换了一个地方我一时很难睡着，于是便拿出带来的书看。我估计方君也没睡，刚想到这里，就听见我睡的房间的门轻轻地打开了，方君轻手轻脚地走了进来，在我的耳边悄悄地说，要我明天早上早点起床扫扫地，好好表现表现。说完她又轻手轻脚地出去，回到了自己的房间。

第二天，我和方君待在家里看了一天的电视，方君的妈妈问了一些我家里的情况、学校里的情况。

第三天早上，方君的妈妈穿了一件新衣服脸红红地让方君看合不合身，我的心也亮了，方君的妈妈高兴了。

我们吃过早饭，方君的姐姐和姐夫来了，他们在方君家住了一夜，次日她姐夫说有事一个人先走了。她姐夫走了没多久，她的一个姨妈又来了。我知道，她的姐姐、姐夫、姨妈都是来看我的。

第五天方君的身体有点儿不舒服，她和她的妈妈出门去买药时也叫我去。

五天时间里我几乎天天待在方君的家里，来了人，我帮着方君洗菜、做饭，早上扫扫地后就在家里看电视。我知道她的妈妈不高兴我出去，我和方君的事还没定下来，她的妈妈不好意思带着我到处走动，我也就不往外去。但是这次她们母女两人出门时，她的母亲主动叫我和她们一同出去。

到了医院，方君的妈妈让一个大夫给方君看病，方君见了那个人叫了一声舅舅。她的妈妈介绍了一下我，她妈妈把我介绍给别人时叫我是小张，是和方君一个学校的，别人一听都明白是怎么回事。

我们往回走时，在学校门口碰到一个六十岁左右的人，这人背着一个竹筐，打着赤脚。方君一见就对我说："那人是我的大爷。"那人走到我们跟前时，方君的妈妈打了声招呼："来赶场啊！"那人应了一声，方君和她妈妈再也不说话，那人就跟着我们一同往方君家走去。

刚下过雨，地上还有一片一片的水洼，方君的大爷一脚踩进了一个水洼里，鞋上沾满了泥巴。方君家的地是铺了地板砖的，第一天早上我起来用拖把拖了地，第二天和第三天我起床时，除了我睡觉的房间，方君的妈妈已拖过剩下的所有地面了。我从外面一进屋就直接到洗手间拿了拖把把鞋底擦干净，再把地上的鞋印拖掉。

我们一进门，我就去拿拖把，方君的大爷进屋后把背篓放在餐桌旁边，然后直接就进到客厅里坐在了沙发上，我把饭厅里的脚印拖完后怕方君的大爷尴尬，就把拖把放回了洗手间。

我们一起吃过饭，方君的妈妈说困了，就进到里屋休息去了，方君在我睡觉的房间里看书，我和她大爷坐着看了一会儿电视，实在没有什么话说，也进到里面拿了一本书看。我进去后，方君就放下书和我说话，她的大爷总是欠着身子看我们，我能从他的眼睛看出一种老人想和小孩说话的渴望。

我对方君说："你出去陪你大爷说说话去。"

方君马上对我说："我和他有什么话说！"

她虽然这样说着，但还是走了出去。她出去后也不和老人说话，拿起遥控器一个劲地调电视频道。方君的大爷坐了一会儿就走了，临出门时从背篓里拿出一袋核桃，那核桃是他从自家的树上摘的，很好吃，方君拿出一个钳子放在地上一个一个地砸。

第六天早晨，吃过早饭后，方君的妈妈说要去看看方君的妹妹，拿了一些方君大爷昨天送来的核桃就出门走了。

我从来没有受过这样的冷落，也没有这样被人怀疑过。我说我毕业时可以分配到方君她们县里来，她的妈妈只是沉默不语，她没有表现出一位妈妈见到女儿带男朋友来时的高兴与欣慰，她甚至怀疑她的女儿找到的男朋友不可靠，我说的话不可信。

我到方君家的第一个晚上，她母亲给我准备被子时就对方君讲尽量不要让我出门，最好在家里待着。

看到她妈妈离开，方君说："我带你到外面走走吧。"我确实想出去透透气了，在这里憋得太难受了。


方君家门前的田埂上长满了桑树，桑树上结满了紫色的桑葚，田地四周的山岗青青，方君穿着一件白色的衬衫，像一只白蝴蝶一样在桑林间飘来飘去。紫红色的桑葚挂在高高的桑树的枝头，我站在树枝上，把长长的树枝压在地上让方君摘，紫红色的桑葚把方君的嘴唇染成了紫色。

在青青的山岗上，方君在田埂上跑来跑去。

如果我爱一个人，就爱她吧。在青青的麦浪间，一个戴蝴蝶花的女孩跑过了她的童年。方君摘了大把的桑葚举在头顶，大声地叫着我的名字。

傍晚的风从另一座山岗上清凉地吹了过来，我们身边的树叶哗啦啦地响起，清凉的风又不留一丝痕迹地吹了过去。

方君的头发遮住了她的眼睛，我望着她，她也望着我，这时又一阵风吹了过来，我听到整个山坡上的树都在哗啦啦地响。

风从山下面的山谷里吹上来的，风吹动了我们身上的衣服，又从山岗上吹到山下面去了。

方君望着我，慢慢地她的眼睛里浮起了一层雾一样的水花，这就是爱的样子。

# 第四十一章　方君的过往

方君的妈妈在她爸爸去世十年以后改嫁了，她的妈妈改嫁时，她的姐姐也出嫁了。方君的哥哥在一个技工学校读书，方君进了乡村小学教书，她的妹妹在读初中，一家人最艰苦的日子过去了。

方君的继父在一个国营建筑公司外省的工地上班，一年回来两次。她的继父有一个儿子，是全镇出了名的混混儿，住在外面，没有正经的职业，不干一件好事，成天游手好闲，偷鸡摸狗。他没钱时就伸手向他父亲要，跟方君的妈妈要，不给就去偷东西，甚至把方君家里的米、锅都偷出来卖掉。

方君的妈妈和她继父结婚前，就知道她继父有这样一个儿子，方君的妈妈也想用她三十多年在教学中的经验来教育她继父的儿子，但是，她的教育失败了。那小孩到方君家一次次要钱，他来一次方君家，她们家就丢几样东西。后来那小孩再来，方君全家人都战战兢兢的。

方君的继父被他的儿子伤透了心，如今他对方君的妈妈的挂念也就是偶尔打个电话问问家里情况。

这次我到方君家没有见到这个混混儿，真要是遇到这个人，我估计也拿他没办法。

在我们准备返程回山城的头一天，方君说带我去她之前教书的学校看看。我想正好可以出去走走，就答应了。

那真是一个偏僻的乡村小学。我们从她家出来坐了一个多小时的车，然后开始走路，从田埂到山坡，再从山坡到田埂，从一个小村到另一个小村，走了一个多小时，终于在一座山头上听到山下面有一阵阵的读书声传来。方君说下面就是她的学校了。

我从山上往下望，下面的山腰里白色的浮动的雾气隔断了视线。我们顺着一条湿滑的石板小路，弯弯曲曲地走了半个多小时才来到一座庙宇一样的建筑前面，从里面传出来的一个老师领学生读生字的声音。

"太、太阳的太，阳、太阳的阳，太阳，太阳……"

这就是方君的学校，一座由寺庙改成的学校，听说国家已经拨款准备在附近建一座新式的教学楼，我在学校门口看到了规划图，离现在学校不远，规划设计得非常好。

方君的妈妈在我们出门前给了方君两百块钱，又给了她已经到期的两百元国库券，我们到方君的学校还有一个目的，就是把她之前还没有领取的两个月工资给领了。方君到校门口的一个小卖铺里买了一包红梅烟后进去了。

方君说她到这个学校上班时，只有一对刚结婚的小夫妻住在这里，他们周末回自己在小镇上的家。如果方君周末不回家，就一个人住在学校里面，但是她回家就得走将近两小时的山路，再坐一个多小时的车，如果是下雨天小镇上连车都没有。一年多的时间里，回不了家的周末，方君就一个人早早地上到床上，一本小说、一杯酒、一包烟，一个人过着单调寂寞的夜晚。

方君说她的烟酒就是在那个时候沾上的，因为生活太枯燥了。她说她刚到学校时只在晚上抽烟，白天一支烟也不抽，她每天早晨起床后的第一件事就先把房间里的烟蒂、酒杯收拾掉。但是有一天，她起床后先去洗脸，回到房间时见一位老师在她的房间里，她见方君进来后就在房间里大声问："方君，方老师抽烟啊，怎么以前没见你抽过？方老师还喝酒啊，你一次能喝几瓶？"本来就十几个老师的学校，方君一时间成了学校的怪人，刚满十八岁的小姑娘，竟然是烟酒之徒，一时间流言蜚语传遍了整个山村。方君也就是在这种情况之下拿起了复习考试的书，同时她也强逼着自己戒烟戒酒。

可以说，方君在艺术方面是有一定的天分的。我们到她家的第二天，她拿起一把吉他，一弹就是两个多小时。她说从来没人教过她弹吉他，有一天，她在商店里看到柜台里摆的吉他，就让售货员拿给她看一下。她一拿到手里弹了一会儿就有一支歌的曲子在她的指尖下流了出来，基本属于无师自通了。

她学美术纯粹是一时兴起。她报名考试，发现艺术类招生分数线低，就报了美术，报了名后自己买了几支画笔、几本美术方面的书就开始练习，两个月后就考取了山城大学的美术系。到她家的第二天，我在沙发上坐着看电视，她在一边拿了一支铅笔画我，半小时后，我去看她画的东西，我自己也惊奇不已。

## 第四十二章　方君真的变了

回到山城之后，我和曾皮、阿武住在老周提供的一个房间里。一个不大的房间，摆着两个上下铺，空出来的一个床铺上面摆放着我们的生活用品。我们三个人在周老板的网吧工作，一人在一家网吧里面负责运维，其实就是打扫一下卫生，有时给一些打游戏不愿意下线的人代买饭菜。

暑假期间，有些学生不回家，就在学校周围租房子住，天天来网吧打游戏，从早打到晚，也有晚上打通宵的。那个时候没有外卖，他们饿了，只要一举手，我就跑过去问他们要干什么。他们就会说给我买什么什么，我就用个小本子记上，然后跑到旁边超市或者饭店去买，买好送来，告诉他们总共是多少钱，他们再把钱给我。每次代买，按照网吧的规矩是可以加收一块钱服务费的，这一块钱就归我个人所有。现在想来，我其实干的就是现在的跑腿服务。

周老板给我们每人每月三百块工资，包吃包住，看起来不多，但是我干跑腿服务，最多时一天就能挣一百多块，这完全超乎了我的想象。周老板愿意花钱雇我们服务，完全是秉着顾客就是上帝的服务态度，来了网吧就什么都不用管，吃啥喝啥都有人帮你们，你们就安安心心地打游戏，不用担心饿肚子。而网吧周围的超市和饭店也都是周老板开的。至今，我还在佩服周老板商业方面的能力。

在网吧工作太忙了，往往我休息的时候，方君却要去上班了。方君晚上下班回来的时候，却是我在网吧最忙的时候。因为网吧越是晚上，来玩的人也越多。

刚开始，方君下班就来找我，陪我在网吧说说话，到了晚上十点左右，她自己一个人回到租住的那个房间。我是渴望每天都见到她的，但是又不想她白天忙了，晚上又过来找我，就说了几次，下班在房间好好休息，看看书，多画画，你画画很有天赋，千万不要荒废了。而她每次都是说我知道啦。没想到，后来她来的次数真的越来越少了。起初，我没有留意，等发现她已经有一个礼拜没有来找我时，学校已经开学了。

一个人要变得积极上进，并不难；一个人要放松自己，也很容易。方君就是这样的一个人，她大一时好学，到了大二时却变成了混日子的人。这是完全出乎我意料的，我想也应该违背了她自己的初心。

社会是个大染缸，方君的改变，应该跟她在商超工作有很大的关系，她接触的人和事，已经完全改变了她的社会价值观。这是我后来总结出来的。当时，只是觉得她变得不爱学习了，而她跟我说的理由是她的大二功课非常少，工作挣钱才是第一要务。

她从一个想多学知识的女生，变成了混到两年结束，拿一张文凭回去后，调一个比原来好一些的学校继续教书。

为此，我与她争吵了起来，她一句话让我哑火了："我学得再好，拿到的还是一张这样的文凭，对我有什么帮助？我画画再有天赋，我能成为画家吗？我的工作还是要回到自己老家进学校当老师。"

我一时不知道如何反驳，只说了一句："多学点东西终究是好的。"

方君说："我考一百分与考六十分，结果没有区别，都是拿文凭，你去过我家，你知道我家的情况，我不能再依靠我的妈妈，我需要自己挣钱，不说买房子，至少我得有条件自己能在外面租房子，否则你以后去了住哪里？你认为我家那房间，我妈妈会让你去常住吗？"

听到这里，我惊愕了，我从来没有想到这么远，原来她一直在为我们的未来打算。

那天，我在樟树林抱着她，只说了一句："方君，我永远爱你，永远会对你好。"

我暗暗下决心，一定要在学业上取得好的成绩，才能在毕业时找到一个好的工作单位，让我自己有一个更好的前程，才能给方君一个美好的未来。

## 第四十三章　方君吃醋

我和方君的故事就这样平淡地进行着，她白天上午上课，下午就去商超兼职，晚上坐公交车回到自己房间基本上已是十点钟了，而这个时候，学校里也已关门，我没法出去见她。我和曾皮、阿武三个人还是像之前那样，周一到周五辗转在教室、食堂、图书馆和宿舍之间，上课、吃饭、看书和睡觉。

就这样一学期又快结束了。商超换了老板，正在进行升级改造，方君就暂时失去了兼职的工作，她找了另外几家工作都不是很满意，就干脆不找了，用她自己的话说，就当作给自己放几天假，再出去找，并且也让晓飞帮她找。

那天，她来找我，我正在图书馆看书。

她直接走到我身边："你出来一下。"

我见她来了，正高兴呢，但是见她脸色不好，就知道出事了。

为什么呢？因为赵海萍正坐在我附近。

虽然我每次在图书馆看书时，都能遇到赵海萍，但是我很少跟她说话，除非是走在路上迎面碰上，才跟她说两句。而赵海萍显然对我也没有之前那么热情，因为她有次跟我说了一句："男人要是靠谱的话，母猪都能上树。"我知道她这句话其实就是针对我的，我也知道自己愧对她。保持距离，相互不打扰，或许是最好的方式吧。

这天，不知道什么原因，赵海萍来晚了，图书馆里面的位置基本都坐满了，而我旁边却空着两个位置。赵海萍就隔着一个位置，坐在我附近。当时，我见她坐在那里，也只是看了她一眼，就继续低头看书，没有跟她说一句话。

我跟着方君走出了图书馆，来到一处没人的角落。

"你跟她到底怎么回事？"方君满脸醋意地质问。

"她是谁？"我故意问道。

"张得强，你跟我装傻吗？你天天跟我说你在图书馆看书，原来你是在与她约会啊。"方君说着，眼泪都快出来了。

"你误会了，我跟她啥关系都没有。今天她坐在我附近只是凑巧。"我连忙解释。我真的不想让她误会，更不想看到她流泪。

"有这么巧吗？这一学期来，我第一次来图书馆找你，就有这么巧，你们第一次坐在一起。"方君说。

"我与她没有坐在一起，中间还隔了一个座位。"我开始满脑子给自己找证据，洗刷自己。

"你不觉得这个解释很搞笑吗？假如中间没有隔一个座位，你是不是就要说你们两个没有搂在一起就不算。"方君生气地说。

"你真的误会了，不信的话，你可以去问曾皮。"我说。

"曾皮？你们是一丘之貉。"方君说。

"你真的冤枉我了。"我说。

"张得强，我辛辛苦苦去兼职打工，为了什么？还不是为了我们的将来，你可好，旧情复燃。"方君说完扭头就走。

我一把拉住她的手，说道："方君，你真的误会了。"

我明显感觉到自己的语气充满着哀求。

方君一句话都没说，用力把我手甩开，就跑了，我忙追了过去，追了十来米，想起自己的书包还在图书馆里面，转身走了几步想去取书包，走到楼梯口，算了，曾皮他们肯定会帮我拿的。我又返身去追方君。

方君一路小跑回到自己的房间，我也跟了进去。她趴在床上伤心地痛哭。我用手轻轻地抚摸着她的肩膀，向她道歉，说下次见到赵海萍一定会远远地躲开。

我劝了好一阵子，她才坐起来，搂着我的脖子，边哭边说："张得强，我不想失去你。我爱你。"

"方君，我也爱你。"我说着，就去亲她的额头，然后亲她的唇。

我们两个紧紧搂着，激烈地吻着……


看着躺在身边的方君，我头脑逐渐清醒，这就是我心爱的女人。突然我为自己刚才的行为觉得可耻，我还年轻，我能为她负责吗？

准确地说，我此刻的脑海里突然在想，我爱她吗？我爱她什么？我爱她哪一点？她是我多年来一直向往着的、憧憬着的心中恋人吗？我读了十几年的书到这里来就是为了和这个女人在一起吗？我以前向往南方，向往到南方来一定会遇到一位让我心醉、让我入迷的女孩，她在我的想象中是那么美好，她就像百合花一样美丽，可是我怎么还没有遇到她呢？我已经成了这样的人，一个放纵自己情欲的男人，一个把握不住自己的男人，我的行为放荡、卑劣、自私，我无耻。

我要重新做人，重新开始。我想要从中学重新开始，我还是一个老师、同学都喜欢的学习优秀的好学生。我想要从考上大学的那一天重新开始，我还是全家人的骄傲，是全村人的骄傲，是亲戚朋友们和所有认识我的人的骄傲。我想要从刚到山城的那一刻开始做人，这个城市多好啊，我一下火车就喜欢上了这座城市，这座城市气势宏伟，夜晚的灯火就像天幕中璀璨的星光。

我想要从刚到大学的那一刻开始做人，这所大学多好啊，我一下汽车就喜欢上了这所大学。这所大学历史悠久，建筑古朴、典雅，学子青春、活泼，绿树成荫、园林优美，出了多少我以前只在书本中看到过的名人啊，现在还有很多名人在这里工作、生活着，这所大学的老师知识渊博，这所大学的学生勤奋好学，这所大学是多少人向往的地方啊。大学啊大学，大学是多么好啊！

不好的只是我自己，我几次拿拳头敲我自己的脑袋，恨不得扇自己的耳光。

我是爱方君的，我是想与她有个美好未来的，但是我不应该这么早与她走到这一步。我们还不够成熟，我还没有准备好。

我瞬间觉得自己是矛盾的，曾经那么渴望与方君相拥，今天却突然觉得害怕。后来我想，这或许是我对方君最真的爱，害怕自己将来达不到她对自己的期待。

……

然而那过去的不再只是时光，

以及青青的山岗，少年时代幼小的身影。

还有河畔我们戏水的笑声，

透过成长的时光，来到我们身边的

只有成长时期的分别，分别……

这一系列的事件，还包括肉体和精神，

恋爱以及家庭。

然而，记忆中的港口、轮船、故乡淡蓝色的氤氲，

随着时光的照射，缓慢地升腾起来……

——曾皮《成长：献给我的青年时代》诗集摘选

## 第四十四章　我觉得自己也变得不爱学习了

方君每天下午都缠着我，我想去图书馆看书，她总是说赵海萍在那里，不能去。我说那就去教室里看书，而她往往看不了几页书就让我去超市买东西。总之，她已经不再是我大二时见到的那个方君了，她脑海里想得最多的就是玩，而一看书就犯困。

晚上，我们一起在学校饭堂里吃完饭，她要么让我陪她去樟树林散步，要么就让我陪她去看电影，或者就一起回到她房间里瞎聊天。

我又有什么办法呢？我只能宠着她，惯着她。否则，她就会抱怨我。

有时，我与她吃完晚餐，把她送到校门口，腿不再往外迈出一点点，转身就往里面走时，方君就会跑过来拉住我。有时她慢慢地往前走，见我没有跟上来，她就一个人站在马路中间一动不动。泥泞的街道，昏黄的路灯，灯光里闪烁的山城冬天无休止的冬雨，我又不忍心看着她小小的身子，一个人无依无靠地在寒冷的黑夜里回去，心一软又跟着她，陪她去逛超市，或者去找几个同学一起打牌。

我承认我性格软弱、优柔寡断，方君正是摸透了我的这一点，她总会想出办法来让我跟随着她走。有一次，我在雨中送她回住处，在路上说好送她一进屋，我就回学校去看书，但是我们刚走在路上就遇到她的两个同学，她就邀请人家去她房间一起打牌。那两个同学也是脱产班的。那天晚上，我的学习计划就这样又泡汤了。

我好几次劝说方君要认真学习，不要这么浪费时间，她总是不依不饶地问我是不是想去找赵海萍，是不是想抛弃她。

我的心情从来没有那么低落过，突然感觉眼前这个女人会毁了我，她变得让我不认识了，她总是用爱来绑架我。我逐渐发现和她在一起，我感觉不到发自内心的喜悦，我感觉不到未来，我甚至觉得这样下去我的前途就会葬送在这个女人手里。最基本的一条，如果学校知道我和女朋友在校外租了房子同居，虽然我没有与她同居，但是有人想害我的话，只要拍到几张我与方君走进房间的照片，学校就会找理由处分我，我的前程将会毁于一旦。

曾皮和阿武见我不再像之前那么用心学习了，也多次提醒我，马上要考试了，考得好，拿到奖学金，对将来毕业找工作是非常有利的。

我觉得自己劝不了方君去认真学习，就只好有意无意地找借口躲避她，想自己静心地看一会儿书。我还总是在心里给自己找理由，只要自己考得好，将来有个好工作，给她一个美好的未来，她就一定会明白我的良苦用心。我也常常在想，我只要拥有一个非常体面的工作，她的妈妈就会看得起我，就会认可我。我永远忘不了在她家那几天的情景，主动打扫卫生，讨好着她的妈妈，觉得自己有点儿卑微，有点儿可怜。我能改变这种局面的唯一方式，就是学习，拼命地学习，用好的成绩来换取好的工作。

方君听说我要上课，她就跟着我来到教学楼，她说她到别的教室去上自习等着我。我有时晚上确实在上课，我们的一位老师还在外地一个研究所担任项目负责人，他一般是一个星期回来一次，安排在晚上给我们补课。还有我的两门选修课都是在晚上，最近因为要陪方君，已经缺了好几节课了，选修课一般都不考试，只需期末时写一篇论文了事，但是这些课平时听了总是有好处而没坏处。最重要的是，没过几天，有一件事触动了我。

我选的一门摄影课，周末时授课老师要带同学们到外面去拍外景，但是那天我和方君在一起，没有去。

第二星期上课时，老师把同学们拍的照片洗出来在课堂里讲评，一位同学拍了一张山城灰茫茫的冬天的天空下面，瓦檐上生了杂草并且断了一角的一块石碑，取名为《千千阙歌》。那块杂草丛生的石碑在同学的仰拍下，在老师幻灯的照射中，让全班一百多个同学都震撼了。老师那天很高兴地讲，在平常的生活中，在一百多位同学当中，就有人发现了这种美，并且挖掘出了这种美，让美重现在我们的生活当中，并且给我们今天的生活带来了美的享受和对生命的一种启示。这张照片没多久便在山城的影展中获得了一等奖。我听之后，内心不由得起了波澜。

　　这件事对我的触动很大，我在想，如果那天我也和老师一同去外面，和同学们一同在山城的灰白天空下面看到一个杂草丛生并且断了一个角的石碑，心里肯定也会升起一种凄楚、一种苍凉。我也会用仰拍让本来很平淡的一块石碑变得高大，让那种凄楚、那种苍凉直插云霄，隔断我们身后的来路和眼前的时空，让那横亘在我们眼前的时间变成永恒。但是我没有，我根本就不在发现这种悲壮的美的行列之中，却为了爱情在浪费着美好的大学时光。

# 第四十五章　爱情让我茫然

一个学期就这样过去了，商超还没有完成升级改造，方君依然没有找到合适的工作，于是决定回家过年。

我问晓飞最近在忙什么，他不是路子很多吗？

她说听说晓飞在做大买卖，反正好长时间没去上课了。

她把租住的房子退了，寒假有一个多月，如果不退的话，就要交租金，而她自己又不在这里住，就觉得没有必要继续租下去。

她有个同学也在附近租房子不回家过年，我又帮她把被子打包放在那个同学的房间，然后送她上了火车。

整个寒假，我给方君打了两个电话，一个是我到家时打给她，告诉她我已经到家了。另一个是我准备回学校时打给她的，告诉她我买的是哪天的车票。她也给我打了一个电话，是过年前打来的，电话里她告诉我，她妈妈通过朋友帮忙，她拿到毕业证就能进县城的一所中学担任美术老师。

开学时，当我们站在东村时，被眼前的一幕震惊了，方君原先租住的那一片房子被拆掉了，现在成了一片瓦砾。那个帮忙放被子的同学也搬走了，一时间不好找到。好在我们在瓦砾中找到了那间房子，那间房子孤零零地在瓦砾中显得很矮小，但是还有铁将军把门。

方君想起那个同学有个传呼，于是她从包里翻出号码，给那人打了一个传呼，那个同学很快就来了。那个同学说他住的这栋房子估计这几天也要拆了，他准备搬到学校里去住。

我们三个人一起提着方君的生活用品往学校走，这地方很快就会有一幢幢楼房拔地而起，把我们以前住过的地方埋在地下，连同我们以前的生活。

我劝方君也到学校里住，在外面租房子不方便，何况现在一时半会儿也不好找。但是她不同意，她说有同学在团山堡那边租住房子，那里的房子又多又便宜，她决定先在学校里面住几天，然后在那边找到房子了，就到那边去住。

我说不过她，也明白她这一学期读完就毕业了，她的心思已经不在校园里了。

星期六上午九点钟，我在女生宿舍下面等她，她抱着被子、衣服出来了。我本来就心情不好，一看她乱七八糟地抱了一团东西就来气，她那一团东西就是直接从床上抱了出来而没有整理的，哪怕找一个袋子装在一起提出来也好看些啊。

她一出来就把那一团东西往我的怀里塞，我接过后放在边上的阶梯上。本来我就不同意她搬到外面去住，好不容易劝她搬了进来，过上了正常的学校生活，但是她又坚持住到外面去。后来，我说晚上搬，晚上人少一些，白天我怕被同学们看见反映到系里去，会对我有负面影响，别人会误认为我与女生在外面同居。但是我拗不过方君，只要她认准的事，她就要去做。

她找的房子在公路边上，晚上灯光一亮，外面就知道里面有人。那间房子本来是用来做店铺的，另一头的一间已租给了一个做铝合金门窗的老头。房子后面离人家有几十米远，离房主人家更远。晚上只有一块门板与外界相隔，根本没有一点安全感可言。

我抱着被子，跟随方君顺着一条蜿蜒的小路爬到坡顶，穿过几排房子，到了她租的房子里。

房子原来是住过人的，里面有一张床、一张桌子。我们收拾房间的时候，做门窗的老头也过来了，他说这里上个学期还住过一个学生，有时带一些同学来玩，还借他的录音机听过歌。

这一幢房子只有老头的门前有一个水龙头，我拿了盆子去接水时老头从里面拿出一个钳子，让我用钳子拧水龙头。因为在路边，怕过路的人也来用水，水是要交钱的，老头就把水龙头上面的拧杆去掉了，自己需要用水时就用钳子夹着拧。

我洗了拖把进去拖地，方君在收拾床，那床上铺了一层稻草，稻草下面是一张竹子编的床板。收拾好屋子，方君打开新买的录音机，一曲曲优美的歌曲环绕着整个房间。

……

这时，山城春天的风一阵阵地扑打着窗户，而我在这间阴暗潮湿的屋子里心灰意冷。我终究没有说服方君，没有让她住在学校里面。以前住在老太太那里，我怕她一个人管不住自己，到处去玩，会碰到一些意外的事情。而现在我放心不下的是她的人身安全。她住在这个前不着村、后不着店的地方，旁边屋子住着一个老头，隔着公路又是一个歌厅，在这样的地方住着，哪里还有什么安全感可言。

我又想，由她去吧！反正也就这一个学期，这个学期结束了，她也毕业了，毕业后回到她老家去，她回去后有她的妈妈管着她，有她学校的领导管着她，一切都会好起来的。至于我们的将来，那就等到将来再说吧！

我坐在屋子里，第一次开始怀疑我们的未来，第一次希望她回到老家之后，重新变回我最初见到她的样子。

我已经看不清楚我与她的未来。

# 第四十六章　爱情是越走越远了吗?

我在樟树林里看到美术系的一个培训班招收电脑动画设计的广告，就动员方君去报名。方君啥也不想干，一边玩着一边等着毕业，我劝她多学些东西，另外我也没有更多的时间陪她。与其天天等着我来陪，还不如自己花些时间学些东西。电脑学习班是平时的晚上和周末的全天，这样我们也不必把周末的时间都花在两个人的相守上。

电脑学习班是安排在晚上上课的。那天中午吃饭的时候，我去食堂时迟了一点，方君吃过了饭，在食堂边的路上等我，她见我来了，就说她下午有事，然后一个人走了。

我知道她是在生我的气，因为她不想去电脑学习班，是我逼着她去学的。

我怕方君晚上不来上课，下午吃饭时我到她的房子里去找她，但是她的房门是锁着的。晚上我们系里安排看电影，我看了一半就跑到她们系去找她，我从一楼找到二楼，在二楼一个房间里看到她在里面打电脑游戏，穿着我们在服装市场买的那件白底黑花的连衣裙。我只好坐在她们系大楼前面的台阶上等她。

她回自己房子时要从小校门出去到团山堡，路上要走半个小时，她一个人走，我不放心。平时她晚上回去，我也是要去送她的。

我坐在台阶上想着她出来时，我先不理她，从她身后跟着她，给她一个惊喜。但是，方君从里面出来时，却站在台阶上喊："晓飞，晓飞！"

我往下面看，一辆摩托车发动了，灯光一亮，晓飞骑着一辆摩托车停在了台阶下面。

真是奇怪，我的女朋友，一出门却叫着别的男人的名字。她从台阶上下来走向晓飞的时候，我也走了下去。

她走到晓飞的车前，直接坐到了车上，我站在她的后面，晓飞看见了我。我们三个人没有一个人说话，在那里相持着。

我看着方君，方君看了一下我就把头转向一边了。她是知道我会来送她的，她为什么要叫上晓飞来送她？她是要故意气我，何况晓飞是骑着一辆摩托车来的。作为一个男人，我能不生气吗？

"你们两个都上来，我送你们回去。"晓飞叫了我一下。我也不知道怎么回事，腿一抬就在方君的后面坐上了晓飞的摩托车。

晓飞的车骑得很快，他到方君住的房子前面的公路上，等我们下车后，就走了。

"是你叫晓飞来送你的？"我问方君。

"你不来送我，晚上这路我害怕。"她说。

"你怎么知道我不来？"我表情也不好。

她不吭声。

"你下午干什么去了？"我问她。

"出去耍了。"她淡淡地说。

"到哪里去耍了？"我问她。

"在街上一个人逛。"她轻描淡写地说着。

"你到底去哪里了，去街上逛哪有你那样急匆匆的。你到底去哪里了？"我问她，她反倒把头转向墙里面不理我。

快晚上十点了，宿舍晚上十点半关门，那条小路晚上看不清楚，这两天又下了雨，山坡下面的那条小溪一定涨了水，我得用半小时的时间再从公路走回学校去。我转身走出门，顺着公路往回走，路下面的那个歌厅门口停了几辆车，里面唱歌的声音直往外冒，除了这家歌厅门前有一些光亮，方君住的那幢房子四周都是漆黑一片。

我从心底升起一阵怜悯、一阵叹息，我甚至想我的生命是不是今生就和方君绑在一起了，再也分不开了。她就是这样一个让人操心、让人担心的人，我下决心去影响她、去感化她，也许她还能向好的方面发展。

但是，我错了，我完全错了，我高估了自己，高估了我在她心目中的分量，也就是说，我和她虽然相处了一年多时间，但是我却还没有真正地完全地了解她。如果说原生家庭对她的成长有影响，可最初我见到她的时候，她不是这样啊！她在外面工作的时候到底接触了一些什么人，让她变化这么大。

　　天上开始下起了小雨，模糊了我的视线，我一摸脸庞，不知道流下来的是雨水还是泪水……

## 第四十七章　我努力去维持感情

赵海萍在方君搬出来不久也搬了出来。她的房子租在方君前面一户人家的二楼。有时我们一同在学校吃饭，再一起到团山堡，一路上人多也热闹一些。

方君不来学校时，我经常从学校吃过饭后，再买上一份带到团山堡。这时是春天了，山脚下小溪里的水一天比一天多，如果晚上下了雨，早晨小溪里的水会把中间的小桥淹没。这时候，我脱了鞋，一只手提鞋，一只手端饭，小心翼翼地从水下面的小桥上蹚过去。我希望通过自己的努力能维持这段感情，能让方君知道我是爱她的，希望她能理解我，不再这样荒废学业。

那天中午，我打开方君的房间，里面没有人，房间里一阵阵冷气往外涌。

我把饭放在桌子上，想方君到哪里去了，是不是到学校找我去了。如果她去了学校应该看得到我，我每天都在同一个地方吃饭，吃了饭又从同一条路上来。她去学校一定找得到我。

我打开门到了外面，邻居老头也不知跑到哪里去了，以前没事时还可以和他吹吹牛。

已是四月了，山城的阳光有点热了，公路上除了偶尔开来或者开过去的几辆汽车，再也看不到一个人。公路下面的那家卡拉 OK 厅还没开门，路边的树一动也不动地站着，整个团山堡在山城四月金黄色的阳光里昏昏沉沉地没有精神。

方君是不是到赵海萍住的地方玩去了？在这里也就是赵海萍住的地方可以去。虽然她经常警告我不要与赵海萍来往，但是她俩现在表面上还是好朋友。女人的心如大海，你永远摸不透。

赵海萍住的地方我没去过，但是我知道大概位置。我到赵海萍住的那幢房子前叫方君的名字，我叫了两声就听到了房子里面赵海萍答应的声音，随着答应的声音，二楼上的一扇门开了，赵海萍穿着一件睡衣，披着头发出来了。

我问她方君在不在，她说不在，她站在上面叫我到她屋里去玩。我想方君不在她这里，肯定到街上去了，我一个人也无聊，便上到了她的楼上。

赵海萍的屋子里有一扇窗户可以看到学校的几幢教学楼和我们的宿舍区，可以看到宿舍区下面的饭堂，可以看到饭堂下面在阳光里一片氤氲的翠绿的山坡和山坡下那条丝带一样闪着光亮的小溪。屋子的门边还有一扇窗户，整个房间宽敞明亮。

我说："你这房间又大又明亮，住起来真好！"

她给我倒了一杯水说："我也就是看上了这个房间的明亮才从学校搬出来的。"

"方君呢？她没有和你在一起？"赵海萍坐在床上问我。

"我中午吃过饭就来了，到现在也没看见她，也不知道她去哪里了，我还以为她和你在一起，就来你这里找她。刚才我在下面喊她一定把你吵醒了！"我说。

"我看到你从学校出来的，你对方君真好，我经常看到你从学校给她端了饭送来，可惜我没有这个福气哦。"赵海萍说完看着窗外，满脸伤感。

"对不起。"我不知道说什么。自己确实是对不起她。

赵海萍强颜欢笑地说："缘分，没办法。你先坐一下，我洗把脸。"

赵海萍说着从门后面的凳子上端起一个脸盆出去了，我从门口看着她弯下身子从门外面的一个水龙头上接水，然后把接了水的脸盆放在水龙头边上的凳子上。开始往脸上抹了几把水后，接着拿起窗台上的一瓶洗面奶往手里倒了一些，又放了在窗台上，她往脸上抹时往门里面看了一下，看到我正在看她时，对着我一笑，慢慢地细细地侧着身子往脸上抹。

赵海萍桌上有几本书，我拿起一本翻了翻，书里面干净整洁，好像从来没有看过一样，桌子上面的墙上有一个相框，是赵海萍的一张艺术照，照片里的她浓妆艳抹，娇艳动人。

我看着照片，赵海萍进来了。

"照片照得不好，人丑了，也照不出什么效果来。"她一边放脸盆一边说。

"这么好看，你还要什么样子？"我说。

她经过我的身边时，我闻到了她用的那种洗面奶的淡淡的清香。她放下脸盆，拿起桌上的一只梳子开始梳头。她的头发很长，很浓，很密，我听见梳子在她的头发间穿行时发出的声音。

她侧着脸看着我，红着脸问我："那你说照片上的我好看，还是平常的我好看？"

我都不知道怎么回答，我感觉眼前的她和照片上的她都好看，就说："都好看！"

她笑了一下说："好看有什么用，我喜欢的人不喜欢我。"

我听懂了她的意思，脸微微一红，端起桌的水杯喝了几口水，用来遮挡自己的尴尬。

赵海萍粉红色的睡衣在肩膀上只有两条细细的带子，下边膝盖处有一圈花边。雪白的莲藕一样的小腿在无意地晃着。她光着脚，趿着一双红色的拖鞋，涂了红色指甲油的脚趾紧紧地挤在一起。

这时候风开始从窗户里吹进来，摇动着垂挂在窗边的窗帘。我闻到了外面暖暖的阳光的味道、杂草的味道、潮湿的泥土的味道。

风从窗边靠在被子上的赵海萍身上吹过，把她侧在一边的头发吹到了她的脸上，她抬起手把头发往一边抚了一下。她的眼睛望着我，风从她的身上吹到我的脸上，我感到了春天的抚摸，温暖的、清香的、痒痒的抚摸……

## 第四十八章　曾皮的出现

我觉得自己不能继续待在这屋子里，忙站起来，对赵海萍说："我先回去了，方君可能会很快回来了。"

赵海萍看着我，面带失望地说："得强，我真的不如方君吗？"

我沉默了，如果在之前，我觉得方君比她优秀，但是现在，我觉得她比方君优秀，她爱学习，积极上进。

我没有说话，拉开门走了出去。

"得强……"

我扭头看了她一眼，看到她穿着睡衣走到门口，心有不忍，说了一句："回屋吧！"

我说完就快步往前走，刚走几步，就在路口看到曾皮。我刚才从赵海萍房间出来，肯定被他看得一清二楚。

"张得强，你让我很失望！"曾皮愤怒地看着我。

我知道他误会了。

"曾皮，你误会了。没那事。"我忙解释道。他一直袒护方君，几次跟我谈话，要我真心真意对方君好，这下他一定误会我与赵海萍在屋子里发生了不可告人的事情。

我与赵海萍是有一段感情的，这是宿舍里面所有人都知道的，旧情复燃，暗中勾搭，他们肯定会这样去大胆推测。

曾皮什么话都没说，瞪了我一眼，就走了。

我想追上去解释，想了想算了，清者自清，越解释反而越显得我心里有鬼。我来到方君的房间，她还没有回来，我想她会去哪里呢。

我脑海忽然一闪——晓飞！她肯定是去找晓飞了。

晓飞也在外面租房，离这里有十来分钟路程。我越想越生气，满肚子醋意，气冲冲地往晓飞租住的房子那边走去。晓飞当时搬家时，我和方君去过。不管如何，我还是记着晓飞的好，他帮助方君找过工作，他曾经一席话让我醍醐灌顶，让我更好地规划了自己大学期间的学习计划。但是，我也有我的底线，我不能看到方君与他走得太近，方君是我的女朋友，虽然她现在有这样那样的缺点，但是我依然爱她。

晓飞租住的那幢房子共四层，上面两层租给学生住，下面两层全是麻将室。

我来到晓飞住的那幢房子时，晓飞的房间里没有人。我下到二楼从窗户往里面看，方君坐在晓飞身边看他打麻将，他们两人挨得很近。我在窗户外看了一会儿进去了，方君看到我往边上坐了一下，晓飞抬头看了我一下，然后继续打麻将。我没出声音站在边上看。

那一桌有两个人站在边上看。老板娘见我进来就招呼再开一桌，边上一人说人不够。

老板娘说："你们站着看的三人，再加上晓飞的女朋友，正好凑一桌。"

晓飞对老板娘说："你莫乱说，是哪个的女朋友？"

老板娘说："是哪个的，不是你的，是哪个的？"

我脑子里混乱一片，转身就出来了。

我刚走到楼下，方君就在后面喊我，让我等她。我没停，我想着赶紧离开这个地方。但是方君追上了我，她拉住我的衣服说："你想错了，我实话对你说，我是来找晓飞要钱的。"

我一听感到奇怪，就问她要什么钱。

她说："去年晓飞向我借过钱，一直没还。"

我问她："借了多少钱？"

她说："一千五百块。"

我问她："你哪里有那么多钱？"

方君说："是我妈妈给我的学费。我们马上要毕业了，系里催我赶紧补交学费。"

我问："晓飞不是一直在勤工俭学吗？自己能赚钱，怎么还向你借钱？他借钱去干什么？"

方君说："他原来打工是赚了一些钱，但是他舅舅死了之后，别人觉得他没有靠山了，就想搞他的钱，便忽悠他去打麻将，先打小的，让他每天都有钱赢，然后就上瘾了，天天去打，越打越大，结果全输了。"

"去年一年，他就在干这事？"我很惊讶，晓飞在我心中是一名很励志的人，他一直想出人头地，如今怎么会沦落到这个地步呢？

"也不是，就是从去年暑假开始的。"方君说，"你还记得之前你跟我说过，有几个人天天到咖啡厅找晓飞的事吗？"

"记得啊。我当时还怀疑他在做什么坏事，后来听你们说是在勤工俭学，可能是帮人家卖东西，我也就没有继续调查了。"我当然记得这件事情。

"那几个人是烟酒行的老板，晓飞刚开始是帮他们卖烟。那几个人说烟是从特殊渠道进来的，利润高，提成也高。"方君说。

"难道他们卖的是假烟？晓飞把烟卖给谁？"我反问道。

"卖给学校一些保安、后勤工人，也有学生买。晓飞说从来不卖给老师。"方君说，"他后来才知道是假烟。"

"你去商超兼职卖烟酒，也是这个烟酒行老板开的吗？"我问道。

"是的。是这老板在商超里面开的专柜。我也不知道是假烟，是有人举报了，工商局的人上门抽查才发现，店里有真烟和假烟，一般人真看不出来。我后来偷偷抽这两种烟，如果不刻意去分辨的话，根本分不出来。"方君说。

"你继续说。"我没想到方君兼职还有这样的故事，之前她没有给我透露一丝一毫。

"专柜查封了，烟酒行老板被抓了。我和晓飞也被带到派出所配合调查，但是我们都是不知情的，批评教育之后，就让我们回来了。"方君说，"之前有几个人知道晓飞挣到一些钱，见他没有了靠山，就想把他的钱给搞出来，假装约晓飞打牌图开心，就这样一步步把他给套进去了。不仅把他之前挣的钱都赔进去，连学费也搭在里面了。他为了翻本，就找我借钱。他帮过我，我也不能见死不救，就把钱借给他了。"

我问她："欠多少学费？"

方君说："三千块。"

我又问："另外一千五百块去了哪里？"

她说："借给一个做生意的表姐去做生意。她去年下岗了，她老公也不管她，她进一批货正有点缺钱，就问我有没有，说一个礼拜就给我，我就借给她了。现在都两个多月了，她还没还给我。昨天已经给她打了电话，她说下星期一定会还给我。"

我越听越急，她太善良了，帮助别人却没有考虑自己。

"晓飞什么时候还钱？"我问她。

"他没说什么时候还，他只是说打麻将赢了钱还。"方君低着头说。

"他如果赢不上钱，你的毕业证就不要了？"我气不打一处来。

"他这段时间手气不好，前段时间好一点儿，打麻将全靠手气，如果手气好，一晚上就赢回来了。"

我无话可说了，她怎么把事情想得这么简单呢？原来这么长时间，她常常去找晓飞，就是为了要账。打麻将能赢回钱，鬼都不信。从小我父母就告诉我一个道理：一个再优秀的人，只要赌钱上瘾，就无药可救。晓飞，就是一个很典型的例子。

　　"你不要生气嘛，事情肯定会有办法解决的。"方君拉住我的胳膊撒起娇来。

　　我一点儿力气都没有，也没有心情理她，我抬起胳膊甩开她的手，只觉得自己怎么就遇到这样的人，遇到这样的事！

## 第四十九章　方君面临退学危险

我回到宿舍，觉得不能不管她，就又来到方君的房间，喊她出来，说带她一起去找晓飞要账。

我的意思是晓飞现在不给钱也行，让他写一张欠条给方君，只要他写了欠条，我们就可以拿着欠条到他们的系里找他的领导。

方君进去了很久不见她出来，我在外面等了很久，怕她出什么事，就推开晓飞房间的门进去找她，我一进去就看到方君趴在桌子上哭。

晓飞见我进来，从桌上抓起一包烟出去了。

我问方君："怎么样了？"

她说："我说什么他都不写欠条，他答应还钱，但是不知道要等到什么时候。"

看着方君的那个样子，我真是既心痛又无奈，你趴在这里哭有什么用呢？你借的时候怎么就不让他给你写借条。

我气得说去把晓飞拽回来说清楚。方君反而说反正她现在有的是时间，她现在天天跟着他要。

谁知，第二天，方君就被她们年级的辅导员叫去了。中午的时候，她一脸黯然地来找我。我陪她到饭堂去吃饭。

我问她："钱要到没有？"

她说："没有。"

我看她那神色就能猜着没有从晓飞那里要到钱。

她低头吃了一会儿饭，说道："反正县教委都知道我来山城大学学习过，当初我来时，在县教委备案登记过。"

我说："你说得没错，你们县教委知道你来学习过，但是你学得怎么样，拿到文凭没有？"

方君听了我的话，坐在那里一句话也说不出话来。

我又问她："系里找你干什么？"

我昨天在饭堂吃饭时，正巧遇到赵海萍，她对我说她们的辅导员在找方君。方君今天去见辅导员了，但是她没有告诉我，她肯定以为我不知道这件事。

方君说："这几天，我到晓飞的系里的收发室去查过晓飞的汇款单，如果有晓飞的汇款单我就拿出来自己去取钱。"

这又是一个天真的想法，就算晓飞的汇款单真的来了，收发室凭什么会给她？方君在晓飞系里的收发室问过两次后，晓飞系里收发室的老师直接把情况报给了她们系里。方君系里要求她立即停止这种无理的行为，否则将处理她，并且通知她尽快缴费。

那次我把方君从晓飞住的地方拉回来的第二天，她劝我不要再去晓飞住的地方找她，她说晓飞当着她的面讲，如果再看见我陪她来要账，就要打我。他已经六亲不认了。

她还说晓飞现在不仅是欠她的钱，还欠社会上有些人的钱，已经被人逼得快发疯了。方君说到这里叮嘱我，千万别去找他，他现在经常在外面混，认识很多外面的人。

她又说晓飞告诉她，他现在有了一条找钱的路子，他正准备做个大买卖，只要做完，就立即有一大笔钱。

我听到这里，觉得无语又可笑，晓飞怎么就沦落到这种地步？一年前喝酒时他说的道理全都丢到茅坑里去了？他要逆天改命，就是这样改命的？赌钱，去与社会上的人混？还有他的大买卖，他能做什么大买卖？还不是又想从哪里骗一些钱去赌一把？

想到这里，我不由得为晓飞感到悲哀。后来我想，如果保卫处张处长没有喝酒脑梗死去，晓飞是不是就不会这样？


才过了一天，方君的系里就下发通知，要她尽快把欠的学费交上。

方君从她们系里回来直接来找我。她在饭桌上坐了半天对我说："你给我想办法借些钱，我给你写个欠条。"

帮她补缴学费，这在我意料之中，从她这几天找晓飞要账的样子，我就猜着没什么希望。之前，我家里每月给我三百块生活费，我每月往饭卡里充二百，还有一百买几本书和生活用品。以前我的生活费都是我父亲按月给我寄的。我的家在农村，弟弟、妹妹都在上学，我的父母已为我们费尽了心血。后来我兼职在周老板网吧打工挣了些钱，就没有向家里要生活费。我大三的学费全都是我自己挣钱交的，寒假回家时，我又给父母和弟妹买了新衣服，就所剩无几了。这学期也没有问家里要一分钱，如果说还有一些钱的话，那就是这个月的生活费，不到四百块。

方君自己其实兼职打工也挣了一些钱，但是自己在外面租房子，又买衣服和化妆品，用钱没有规划，钱花起来就特别快，也是所剩无几，只够生活费。

方君那个姨姥姥家庭条件不错，但是姨姥姥在养老院住着，怎么好意思去找人家借钱呢？也不好意思向对方解释自己把学费借给别人打麻将了。何况，只要向她姨姥姥开口借钱，三千块钱不是一笔小数目，她姨姥姥肯定会打电话给方君妈妈求证的，那样方君不被她妈妈打死才怪呢。

我想到了我的亲戚，向他们借，但是很快被我否定了，我一向亲戚借钱，我的家里人很快就会知道，何况是借三千块钱，肯定会在家里引起恐慌的，他们一定会认为我在学校里出了事。

我想向我的朋友们借，但是我在老家的朋友中现在挣钱的也没有几个，有一个初中时的朋友在外面做生意，情况好一些，我向他借钱他一定会借的，但是我什么时候还给他还不知道，别人做生意挣钱也不容易。

我边分析边跟方君说，她在边上鼓动我，要我马上就动身回家，我回家的路费也算在她的身上。

我还是没有答应，我不想为此兴师动众，其实我已经在暗中为她筹钱了。但是我故意利用她欠学费这件事情，让她趁机好好反省，趁她还在学校时，尽自己最大的努力来管管她，让她能恢复从前的样子。

# 第五十章　帮方君交学费

方君想了一个逼晓飞还钱的办法，她想用一个录音机去录她和晓飞说话的内容。我想了一下，也只有这个办法了。

我向我的同学借了一个录音机，在街上买了一盘空白录音带，方君把这些东西装在一个手袋里出发了。

录音回来我们两人都高兴了一会儿，这次晓飞非想办法还钱不可。但是只高兴了一会儿，方君却望着录音带发愣了。

她担忧地说："如果我们把晓飞告到他们系，他们系肯定会开除他，知道他在外面赌钱，可能还会让他去坐牢，这样就毁了晓飞的一生。另外，晓飞知道了是我们告的，肯定会来报复我们，这样我们都没有好日子过。"

我想了一下，说道："晓飞在外面鬼混，三教九流的人都认识，我们确实没有必要去得罪他。万一把他逼急了，就算他不出面，他找别人出面收拾我们，也是轻而易举的事情。"

方君说："那怎么办？"

方君最近为了学费的事情也认识到自己以前的一些错误，开始变得听话很多了，我又看到她以前的影子。

"别急，还有几天时间，我再想想办法。"我劝慰道。

方君说："要不我回趟家，去找我姐姐借钱，让她别告诉我妈妈，我拿到钱就马上回学校。"

她姐姐的情况，我是知道的，生活也不容易，招工进了供销社，自己承包了一家商店刚挣了一点儿钱，商店又被收了回去。她姐夫有病，等着攒够了钱去换肾。我去年暑假去方君家时，她姐姐和她姐夫来看我们，他姐夫在饭桌上连酒杯都不敢碰。

我不忍心她去给她姐姐添麻烦，何况我这边钱已经快凑够了，便对她说："还是算了，别让你姐姐为难，你去借钱，你姐姐肯定会给，但是她自己生活就更困难了。"

"那怎么办？我现在无路可走了。"方君焦急地说。

我只好跟她说实情："我这边目前已经凑了两千块钱，还差一千块。"

方君一听，很惊讶，说道："你怎么凑到了这么多？"

我就一五一十地说道："找周老板借了一千元，答应暑假打工还给他。不敢借多了，毕竟我只是个学生，借多了，他可能会有别的想法。另外找宿舍里的同学借了一些，加上我自己的。正好两千块。"

"你找曾皮借钱了？"方君问我。

"没有。最近我跟他有点儿矛盾。暑假他要去北京参加一个文学活动，来来回回要花钱，我也不好向他开口。"我说。

"不能跟他借钱。"方君刚听我说完，就甩出这句话。

当时，我没有去想这句话的意思，后来我才知道她为什么要说这句话，即使如此困难，面临退学危险，她都不愿意跟曾皮借钱。

"你表姐说还钱，这两天能还吗？"我问。

"我昨天打电话问了，她说还，但是当时没说具体哪天还，只是说她借到钱就送来。"方君很无奈地说道。

"你再打个电话去催催。"我说。

"还打？"方君看着我反问道。

"没办法，不逼她不行啊。"我说。

"好。我现在就去打。"方君说完，就走向路边的公用电话亭。

我在旁边看着，没想到她打通说了几句话，就挂了电话，然后兴奋地抱着我。

"怎么啦？"我说。

"她说明天就坐车来我们学校还钱给我。"方君说。

"那太好了。"我也高兴地说。

方君搂着我亲了一口，感动地说："得强，谢谢你！"

我抱着她没有说话。

第二天中午，我和方君在校门口接到了她表姐，她表姐把一千五百块钱还给了方君。我们请她到学校食堂里吃了饭，饭桌上她一个劲地叹息生意难做，钱难挣。

方君的学费终于交上了，我们悬着的心也落了下来。

# 第五十一章　毕业作品展

方君在她租住的房子里拿出画板、笔、颜料，准备画画了。系里要搞毕业作品展。

方君先画了一个坐在凳子上的女人，她画女人时没有把女人的胸部画出来，画了两天后她拿去让她的老师看，我也跟着她到她们班的教室。教室里有几个学生在画画，四周的墙壁上已经挂了很多作品。不看不知道，我一看就看出了方君和她的同学们之间的差距了。

以前美术系搞展览我碰到了，都会进去看看。有一次，看到一幅用白色布条挂在展厅的大梁上的农村使用的架子车的轮子，轮子下面作品的名称叫《农村公社》。我小时候农村的生产模式就是农村公社，村子里面是以生产队为单位的集体所有制经济，人们集体劳动，平均分配。那一幅轮子和那些白布条我看了半天都不解其意。

还有一面墙壁，挂着一张白布，白布上溅着蓝色和红色相间的墨水，白布下面就是几只打碎了的墨水瓶。这幅作品的名字就叫《无名》。

我在想，如果这些都能称为艺术品，那么我们每个人都能成为一个艺术家，我拿两只蓝色和红色墨水瓶对着挂在铁线上的床单闭上眼睛一阵乱甩，睁开眼睛一幅作品就出来了。

我感觉一幅作品，起码得能打动人，给人在视觉和感觉上有一种冲击、一种刺激。通过这种视觉和感觉，能在人的内心造成一种震动，或者达到一种共鸣。这种作品能让人心理上感到一种美好或者难受，但是如果一幅作品没给观众什么感觉或者令人百思不解，那就是失败的，就称不上艺术品。

方君的作品就是这样。她画了一个女人，一个在凳子上坐着的女人，这个女人的感觉，就是很平常的一个女人。

我们来到她们的教室，教室里有很多人。老师戴着一顶鸭舌帽，嘴里嚼着口香糖。我一眼就认出他是一位日本教授在学术厅搞讲座时的翻译，当时我以为他是外语系的，没想到他是美术系的。

老师指着方君的画说，如果不看头饰，根本看不出她画的是女人还是男人，是老人还是年轻人。我一听到这里，马上走开了。

墙上有幅画，画着两个年轻人，看这两个人物的面部表情是木的，但是人物面部肌肉却光滑饱满，这种只有年轻人才有的脸。这张画里的两个人物穿着的衣服上有铜质的棱角分明的纽扣和纽扣中间很粗的针线，一看就知道是年轻人穿的牛仔装，老年人是不会穿这种衣服的。这幅画的细节把握得很好。

墙壁上还有一幅蜡染的紫色图案的衣服，上面的花鸟栩栩如生，小鸟好像要从衣服上的树枝上飞起来。

方君见我看得入迷，就过来介绍说做这件衣服的是一个贵州的同学，其实这件衣服也不是那个同学自己亲手做的，而是她从家里带来的。

　　方君刚入校时，她的画作在系里评分每次都能排在前面，没想到短短两年时间，别人在进步，而她为了所谓的兼职打工挣钱荒废了学业，绘画水平还是停留在以前。

　　我说先不要说别人怎么样，你的作品没有通过，而且里面错误很多，你得想办法重新创作。

　　她说是她画里面的颜料太薄了，没有立体感。说着她又指着刚才我看的那幅画着两个年轻人的画，说画这画的同学都三十多岁了，绘画时间比她长。

　　我说画画虽然跟学习时间有关系，但是跟努力也有关系。

　　方君听我批评她，就很不高兴地走开了。


　　方君决定重新画两幅画，一幅是人物，另一幅也是人物。

　　她先画一个身穿黑衣服的女人，第一天晚上画到十点多钟，她画一会儿站起来看一会儿，看一会儿再坐下来画一会儿。她画的穿黑衣服的女人，头发飞舞起来像火在烧。

　　我感觉她的这幅画的创意还可以，只是她画的是一个热情奔放的女人，这种人物应该表情丰富，神采飞扬。但是方君画出来的女人两眼无光，表情呆滞。

　　我指出我的这些看法后，方君开始烦躁起来，双手挠头，她的头发遮住了她的眼睛，她用一根带子扎在头上像一个道士。一会儿带子开了，她气急败坏地用手使劲拨了几下，然后又去找了一个橡胶圈扎在后面。地上颜料、画笔、烟、打火机，乱七八糟地摆得到处都是。

第二天上午，我到她住的地方，她已经起床了，那幅画整体框架出来了，但是画上人物的眼神和人物头顶的火炬的颜色不相称。

我们又去了她的教室，去的时候我拿着那幅画，教室的四面墙壁上又挂了许多画，一些空着的地方已经有人写了纸条标明已占用，还有两个同学因展位太小和不在显眼的地方和老师争辩。方君看了一会儿就出来了，我们回到她住的地方，方君生气地把那幅画扔在地上。

再过一天就是截止日期，我建议方君避开动态的东西，画一个静态的，比如画一幅风景。我在她们教室里看到有好几幅作品是画风景、物品、机械的，但是她说静态的东西她没画过。

晚上，方君拿来一幅画，两个身体胖嘟嘟的，脸红扑扑的戴着帽子的小男孩坐在草地上，一个小孩手里拿着线板，一个小孩望着天空。一看就知道是北方草原的小孩在放风筝，虽然地上的草绿了，但是草原上的风还是很冷，两个小男孩圆圆的头、圆圆的脸，穿着厚厚的衣服坐在草地上就像两个圆圆的球，身后的草地一望无际地绿着，头顶的天空一望无际地蓝着。

这幅画是一个同学指导她画的，准确地说是手把手教她画的。

　　年级毕业汇展开始时，有几个老师来参观打分，展厅外面站着许多美术系的学生，期待老师能打高分。

　　老师们打完分就走了，我又进去看了一会儿，我决定去找赵海萍的作品看看，结果发现四面的墙壁上都没有她的作品。我看了一圈走到门口，看到教室中间的展台上摆了好几件手工作品。我走上前去看到上面有手工编的篮子、花鸟、动物，这些作品一个个做工精致，形态逼真，找到作者的名字一看，就是赵海萍。没想到赵海萍还有这一手，而这些作品都是她一个人独立完成的。

## 第五十二章　我和方君都错了吗

方君终于能顺利毕业了，最后半个月就在学校等着拿毕业证书就行。

这天中午在食堂里吃饭，学校广播里播了一个通告，晓飞被学校开除了。

原来晓飞在打麻将时被派出所查了，并发现他有赌博的嫌疑，于是就把他拘留了一个礼拜，并通知了学校。学校就按照校规把他开除了。

我听到这个消息，不由得深深叹息，毕竟是一个熟识的人的悲惨命运。

六月的山城非常热，方君早上来食堂吃完饭就回到租住的房间睡觉，她中午不出来吃饭，说要减肥，下午我一般是吃了饭，给她打一份送过去。

她马上就要走了，不管这两年我与她经历过多少磕磕碰碰，但是即将离别时，我还是不舍。虽然我也要面临期末考试，但我还是想多看她几眼，多陪她说说话。经过找晓飞还钱和补缴学费的事情后，我们两个人的感情又像当初那样亲密，并且更加成熟了。

这天下午，我端着饭盒往方君房间方向走去，路上遇到赵海萍，她刚吃完饭回自己房间。

"那天在展厅，你站在我的作品面前看了很久。"赵海萍说。她穿着米黄色连衣裙，显得格外漂亮。

"你当时站在哪里？我怎么没有看见你？"我好奇地问。

"我在里面一个房间，透过窗户就能看到你。本来想出来找你说话的，但是当时有评委老师跟我谈话，我不方便离开。"赵海萍说。

"哦。"我记得当时看了一会儿，方君来了，我就与她一起离开的。

"你与方君是怎么打算的？"赵海萍问我。

我看着她，犹豫了一下，说道："还不一定。"

是的，还不一定。我不知道自己明年毕业能不能在她那边找到好工作，我的父母会不会同意我去她那边工作。

"事在人为。得强，我很看好你。"赵海萍在别人面前就称呼我"张得强"，而私下她总是这样亲切地称呼我"得强"。

我问她："你毕业去哪里？回老家吗？"

"我准备去英国。这次作品展，我的评分是系里最高的，咱们学校与英国一所艺术学院有个人才交流项目，系里把名额给了我，让我去那边学习。"赵海萍说。我能感觉到，她是尽量抑制着内心的激动。

我高兴地说："恭喜你，太好了！"

"两年的努力没有白费，也算是离自己的理想又进了一步。"赵海萍说。

"付出总有回报。"我说。

"你毕业之后可以去南方发展，不一定要回老家，外面的世界很广阔，你又这么优秀，肯定能闯出属于自己的一片天地。"赵海萍说。她有思想有远见，之前与她谈恋爱时，她也总是显得很理性，并且总能在生活和学习上给我提各种很好的建议。

我点了点头，说道："我会考虑的，谢谢。"

我们两人说着说着就到了方君的房子前。

"我回自己房间了。"赵海萍看了一眼远处自己的房子，对我说。

"好的。"我说完就往方君的房间走去。

门是虚掩的，我轻轻推开。

瞬间，我的脑袋嗡嗡作响。

只见，方君和晓飞正拥抱在一起。他俩站在房间里，拥抱着。

"啪！"我狠狠地把饭盒摔在地上，扭头就走了出去。

"张得强！你听我解释！"方君追了出来。

我头也不回地往学校方向走，方君拉着我的手。

晓飞也从房间里面走了出来，一副冷漠的样子。

"还需要解释什么？我眼睛瞎了吗？"我吼道。

"他刚出来，是来看我的。"方君急得眼泪都流了出来。

"看你，看你就需要两人拥抱吗！"我狠狠地甩开方君的手，往学校跑去。

不远处的赵海萍清清楚楚地看到了这一幕。

泪水模糊了我的眼睛。我不知道自己做错了什么。我那么爱她，她为什么要与晓飞纠缠在一起？为什么？为什么？

我一口气跑到了樟树林，靠着一棵树，撕心裂肺地痛哭。


不知道过了多久，我筋疲力尽地坐在地上，这时一只手轻轻搭在我的肩膀上，另一只手递来一张纸巾。

我知道是赵海萍，只有她才有这种温柔。

我接过纸巾，擦干了泪水，呆呆地坐在那里。赵海萍没说话，静静地在一旁陪着我。

过了很久很久，我的心情已经平复了下来。

天空闪烁着星星，夏风轻轻拂过，樟树林偶尔有几对情侣走过。

"得强，我马上要离开学校了，你会记得我吗？"赵海萍双手抱着膝盖，坐在草地上，看着远处，轻轻地问我。

我也双手抱着膝盖，看着远处，轻轻地回答："我会记得这片樟树林。"


方君走的那天早上，晓飞也来了，我不知道她怎么总是和这个人扯在一起。

晓飞帮方君拿东西，我在路边等车时，方君从她的一个包里拿出一张照片给了晓飞，晓飞拿过照片看了一下就装进了衣服里面。

我往前面走了几步，让他们好说话一些，走的时候总是有些伤感。

那天，我回到宿舍，方君给我打来电话，说晓飞是来向她道歉的，说要在山城找工作，重新做人，努力挣钱，把欠她的一千五百元尽早还给她。她还说晓飞在山城已经没有一个朋友了，他出来就来找她，来向她道歉，她很感动，终究晓飞曾经帮助过她，她应该给他鼓励，让他看到生活的希望。所以她就给了他一个拥抱，没想到正巧遇到我推门进来。我接受了她的解释。

方君上车后向我们招手，我看到她的眼神十分慌乱，她的手势也很慌乱。我和晓飞在路边站着，而她不知道应该看谁，应该向谁招手。好在车很快就开了，如果再慢一点，我怕她又改变主意从车上下来。

方君走了，我一个人顺着马路走到了江边，我的心里空落落的，按以前的想法我应该高兴才是。我恢复了自由，从此又无牵挂，我的生活又可以恢复到两年前的宁静，从此我可以摆脱一切方君带给我的无休止的烦恼。

但是，我高兴不起来。

我的眼前全是方君的身影，我的脑海里，我的心里全是方君的影子，我甚至感到了孤单，感到了失落，感到了从心底长出的一种无法排除的伤感。

我在怀念她吗？我在悲伤吗？我在为一段伤透脑筋的感

情而伤感吗?

你走吧，你走了才好，反正从此我也不管你了，随你去吧！你想干什么就去干什么，你以后的一切都与我无关。

我在心里一遍遍地重复着这几句话，但是我的心里，我的大脑全被方君的影子塞得满满的。我望着江水，江水不动；我望着两岸的山，山不动；我望着远处江面上的一座桥，桥也不动。

我在江边一直坐到下午三点钟，我估计方君已经到家了，就走到街上，进了邮局，拨通了方君家的电话。接电话的是方君，她说她一点多就到家了，路上都好，我嘴巴抽动了几下，竟然"哇"地哭出了声。

"好，反正现在随你去干什么，我也不管你了……"

我嘴里翻来覆去地重复着这句话，方君倒是很平静，她在那头说："你不要这样，我知道我不好，有些地方对不起你，但是这些都是过去的事，以后有时间我还会来山城看你的。"

我擦了把泪水，心里好受了一些。

"你不用来看我了，最好再也不要来了，你来了我也不会再见你的。"

我一说完就挂断了电话。

我回到宿舍，在窗台上点了一根蜡烛，把方君的照片从相册里拿出，一张张点燃，一张张看着她的身影变黄，变黑，卷起来，化成黑色的灰烬，从窗口像黑色的树叶一样，在山城六月的阳光里一片又一片翻转着飘然而下。

　　我把和方君的合影全拿出来，把里面方君的影子全剪下来，让那些和我一起时快乐的方君的影子，在我冰冷的目光中化成灰烬。

　　我从书架上找出一本方君送给我的书，撕掉扉页里方君写下的字迹，点燃，然后把整本书点燃。我要清除掉所有与方君有关的一切痕迹，然后开始新的生活。

　　我的学生生涯还有一年，我要认真去上课，我要认真地读书，一起和同学们去图书馆。我要把床头的书再看一遍，我要用书充实我的生活。

　　山城六月的阳光是炙热的，我的手掌在火焰上面居然没有感到一点热量。我的内心和我的身体，在伸进窗户的山城六月的阳光里感觉不到一丝热度。

　　……

　　而这样的时刻，

　　我所经历的生活已变得执迷而狂乱。

　　我所看到的尽是些一次性的前卫消费，

　　他们在我的身后，犹如秋后的树叶飘零，

　　或者，秋风唱着后现代音乐向着更深处挺进。

　　然而，我却仍然关心着我的爱情，

　　挺出水面的南方的故乡、家园，未曾失去的零星怀念：

　　一本书、一封信、一张褪去光华和色彩的照片……

　　把今天的生活映衬得古色古香，像年代深远的旧时庭院。

　　——曾皮《成长：献给我的青年时代》诗集摘选

## 第五十三章　后来

后来，我才知道，方君长得与曾皮那个女朋友非常相似，方君曾给曾皮写过情书，曾皮也对方君有好感，但是曾皮对方君说他一辈子不会再结婚，他可以爱方君，但不能娶方君。方君为此与他大吵过一架，觉得曾皮精神不正常。曾皮得知我喜欢方君，于是就开始通过各种方式促成我与方君交往。

后来，晓飞把欠方君的一千五百块钱还给我，方君后来又给我汇了五百块钱，我退了回去。

后来，毕业了，曾皮进了山城日报社工作；阿东与丽丽这对我们认为感情最深的情侣，在毕业前夕分手了，回到各自的老家工作；阿武考上了研究生；将代常去了西部，成了一名人民教师；向得钢与白果果一起去了上海发展；我来到了南方沿海城市。

## 第五十四章　爱情向左向右

南方的艳阳天，我正坐在办公室里，向得钢发来微信："我见到赵海萍了。我把你的微信号给她了。她还说你的 QQ 号怎么一直没在线？我说你原来的 QQ 号被人盗了。"

"在哪里见到的？"我在微信里问他。

"在上海艺术展会上，她现在是有名的设计师，她这次是回国定居，还是单身。"向得钢说。

"你了解得不少啊。"我说。

"那当然，你的事情我也跟她说了不少。"向得钢说，"我觉得你可以考虑考虑，我们毕业都十年啦，你总是这么单着。我知道你是在等她。"

我看着窗外，思绪飞到了那片樟树林……